紀伊半島殺人事件

西村京太郎

双葉文庫

目次

十津川警部
紀伊半島殺人事件

第一章　白浜─東京

1

四月十二日は、朝から、爽やかな風が、南紀白浜《なんきしらはま》に吹いていた。

ここ二、三日、雨が降ったりやんだりで、南紀らしい天気に恵まれなかった。

それが、やっと晴れたという感じで、ウィークデイにもかかわらず、JRの白浜駅には、かなりの観光客が、降りてきていた。

白浜着一五時一〇分の特急「オーシャンアロー17号」でも、四十人余りの観光客が、降りた。中年の男女のグループが多いのは、まだ、若者の夏の季節ではないからだろう。

そのなかにひとり、ほかの人々と、どこか雰囲気の違う六十五、六歳の男がいた。

長身で、髪は、銀白色、きちんと、背広を着たその男は、どこかの大企業の幹部という感じだったが、何よりも、ほかの観光客と違ったのは、その表情だったろう。

ほかの観光客は、南国らしい明るい陽光と、温泉と、海の出迎えを受けて、どの顔も、明るく、はしゃいでいた。

その男だけは、昨日までの雨空みたいに、憂鬱そうな顔をしているのだ。

わざとそうしたのかどうかわからなかったが、彼は、ほかの観光客たちが、タクシーで、出発してしまってから、ひとりで、タクシー乗り場に現れた。

男は、車に乗って、

「『シーサイドホテル』へいってくれ」

と、いった。

白浜の駅は、海岸に近い白浜温泉から、車で十分ほどのところにある。駅前に、小さな商店街があり、土産物店や、飲食店があるのだが、普通の温泉街のように、それらが、連なっていなくて、タクシーが走り出すと、ヤシ並木が続き、立札ばかりが、やたらに、目立つようになる。

白浜空港への立札、サファリパークの立札、千畳敷《せんじょうじき》といった白浜の観光名所への案内などである。

「『シーサイドホテル』ですと、十二、三分で着きますよ」

と、運転手がいったが、客は、黙っている。

バックミラーに目をやると、眠っているわけでもなく、じっと、窓の外の景色に、目をやっているのだ。

運転手も、話の継ぎ穂を失って、黙ってしまった。

やがて、右側に、海が見えてくる。K大の水産試験所がある。入江のなかの埋立地に、巨大なホテルが見える。今日は、波も、穏やかだった。ヨットハーバーから、ヨットが、一隻、出発していく。

「『シーサイドビュー』というホテルは、潰れてしまったそうだね？」

ふいに、客が、きいた。

「ええ。半年前に、潰れました。白浜でも、バブルがはじけてから、何軒か、ホテルが、消えました」

「なぜ、潰れたんだろう？」

「さあ。どうしてですかねえ。お客の評判は、よかったんですがねえ」

これは、本当だった。

地元のタクシー運転手の耳には、いろいろな噂が、きこえてくる。ホテルの盛衰もきこえてくるし、客の評判も、きこえてくる。

〈シーサイドビュー〉は、客の評判がよかったし、経営が、行き詰っているという噂もきいていなかったのに、半年前、突然、営業を停止してしまったのである。

「お客さんは、よく『シーサイドビュー』に、泊まられたんですか？」

「いや、一度だけ、泊まっただけだが、応待が気に入ってね。今年も、泊まろうと思ったんだが、閉館されたときいて、びっくりしているんだ」

と、客は、いった。

客のいった〈シーサイドホテル〉は、三年前に開業したホテルで、丘の上にあった。

そこに向かって、S字カーブの登り坂をあがっていくと、海が見え隠れし、白浜空港の赤い誘導橋が、見えたりする。

客は〈シーサイドホテル〉に入ると、フロントで、

「東京の上田《うえだ》貢一郎《こういちろう》だが」

と、いった。

「海のよく見えるお部屋ということなので、最上階の1001号室を、ご用意しておきましたが」

フロント係が、答える。

「海のというわけじゃなくて『シーサイドビュー』が、見える部屋といったはずなんだが」

「角部屋《かどべや》ですので、それも、よく見えますが、あのホテルは、もう閉館されておりますが」

フロント係が、首をかしげた。

「思い出だよ」

と、男は、短く、いった。

ボーイが、十階の1001号室に案内した。

正面のカーテンを開けると、巨大な一枚ガラスの窓一杯に、太平洋が、広がっている。

だが、男は、それには、興味のない顔で、右側のカーテンを開けた。

その下には、海沿いの道路が伸び、その先に、出島《でじま》のような、四角い埋立地が、見えた。その埋立地には、八階建ての洒落《しゃれ》たホテルが建っている。いや、建っていたというべきか。今、そのホテルは、営業をやめてしまっているからだ。

SEASIDE VIEW

の文字が少し、赤錆びて見える。

ホテルの裏手には、百トンクラスのクルーザーが、繋留されていて、そのクルーザーにも、ホテルと同じマークが、入っているのだが、たぶん、もう、所有者が変わってしまっているだろう。

男はしばらく、ホテルやクルーザーを、眺めていた。

そのあと、窓を開け、ベランダに出ていった。煙草を取り出して、火をつける。

「ここに、お茶を出しておきますから」

と、仲居が、声をかけた。

「ありがとう」

男は、部屋に入ってきた。

「あのホテルを、見ていらっしゃったんですか？」

仲居が、いう。

「ああ。『シーサイドビュー』ね。去年の今頃、一度だけ、泊まったことがあってね。感じのいいホテルだった。女将《おかみ》さんも、美人でね」

「評判がいいホテルでしたよ」

「そうだろうね」

「うちも、楽しい設備が、いろいろ整っておりますから、よろしく、お願いします」

「ここの社長さんは、確か、花田賢臣《はなだけんしん》さんだったね」

「お客さん、うちの社長を、ご存じなんですか？」

「いや。名前をしっているだけだよ」

と、客は、いった。

2

男の要望で、部屋での夕食になった。

あまり、食欲はないようだったが、その代わり、よく飲んだ。最初は、ビールだったが、そのあとは、地酒を冷やで、飲んでいた。

酒は、強いらしく、一升近く飲んでも、平然としている。酌をした仲居が、いろいろ話しかけても、ほとんど、返事をせず、ただ、飲んでいた。

食事が終わったのが、八時半頃である。

「夜中に、飲みたくなるかもしれない」

と、男が、いうので、仲居は、酒の仕度を、ベッドの枕元にしておくことにした。

それに、軽い夜食の仕度もである。

「ありがとう」

と、男はいい、チップを二万円くれた。部屋に迎えた時に、一万円のチップをもらっていたから、いい客だなと、仲居は、思った。

「お休みなさいませ」

と、仲居は、挨拶して、部屋を出るとき、男が、携帯電話を、取り出しているのを見た。

それを、仲居は、別に、珍しいと思ったわけではない。今は、たいていの泊まり客が、携帯電話を持っていた。

翌十三日も、いい天気だった。

事件は、その早朝に起きた。

午前六時頃、ホテル下の海沿いの道路を、自転車で走ってきたホテルのボーイが、芝生のなかに、浴衣《ゆかた》姿の男が、倒れているのを発見した。

しかも、その浴衣には〈シーサイドホテル〉のマークが、入っていた。

ボーイは、まず、支配人にしらせ、支配人が、警察に通報した。

白浜警察署から、大木と林の、二人の刑事がやってきた。殺人の可能性も考えられたからである。

芝生に倒れていた男は、頭蓋骨が砕けていた。明らかに、転落死だった。

ホテル側の話では、前日の十二日にチェックインした１００１号室の客だという。確かに、死亡していた場所は、その十階の１００１号室の真下だった。

二人の刑事は、案内されて、十階の角部屋に入った。

「広い部屋だな」

若い二人の刑事は、感心したように、部屋のなかを見回した。

風呂が二つ、大理石のものと、檜風呂のものがあり、トイレも二つ、ついている。

「泊まり客は、上田貢一郎でしたね?」

大木刑事が、案内した支配人にきく。

「はい。東京の方です」

「ひとりで、泊まるにしては、贅沢すぎる部屋ですね?」

「上田様の希望でしたので」

「この部屋にしてくれと、いったんですか?」

「予約の時『シーサイドビューホテル』が、よく見える部屋にしてほしいといわれたんです」

「『シーサイドビュー』? ああ、半年前に、潰れたホテルのことか」

「そうです。それで、この最上階の部屋を、ご用意したわけです。いくら高くても構わないと、いわれましたので」

「ここから『シーサイドビュー』が、よく見えるんですか?」

「こちらからです」

支配人は、右側の窓に案内した。

二人の刑事は、窓の外に目をやった。なるほど、眼下に、閉館された〈シーサイドビュー〉が、よく見えた。

林刑事のほうが、急に、目を光らせて、

「ベランダがありますね」

「はい。窓から出られるようになっています」

「上田貢一郎は、ベランダに出たんじゃないかな」

「そういえば、窓ガラスが、少し開いているね」

と、大木刑事が、応じた。

「それに、専用のサンダルが、手すりの近くにあるよ。ちょっと、ベランダに出てみよう」

「俺は、駄目なんだ。高所恐怖症でね」

大木が、尻ごみをする。林が笑って、ひとりで、ベランダに出ていった。

手すりに摑まって、眼下を見下ろしてから、

「間違いない。ここから落ちたんだ」

「十階からじゃあ、助からないな」

「亡くなった客についた、仲居さんを呼んでくれませんか」

と、林は、支配人に頼んだ。

井上君子《いのうえきみこ》という中年の仲居が、呼ばれた。

彼女も、事件のことをしっていて、蒼白い顔になっていた。

「昨日の客の様子を話してくれないか」

と、林刑事は、いった。

「午後六時半から、この部屋で、夕食になりました。お酒の好きな方で、ビールを五杯と、お酒を一升近くお飲みになりました。夜中にも、飲みたいとおっしゃるので、ベッドの枕元に、お酒と、軽い夜食をご用意しました」

「その時、客は、浴衣姿だったのかね？」

「はい。夕食前に、この部屋の檜風呂にお入りになったといっていらっしゃいました」

「ベッドの枕元だね」

林刑事がいい、大木刑事と二人で、ベッドのある部屋に入っていった。

ベッドに、寝た様子はなかったが、ナイトテーブルの上の酒は、半分ほど飲まれていた。夜食は、そのままだ。

「夜中に、酒を飲んで、ベランダに出ていき、転落したのかな？」

「かもしれないが――」

「司法解剖すれば、どのくらい飲んでいて、泥酔していたかどうか、わかるだろう」

と、二人の刑事は、話し合った。

東京の上田貢一郎の住所に、連絡が取られた。

宿泊者カードに書かれた電話番号に、林刑事が、かけてみたのだが、なぜか、通じなかった。

現在、使用されていないという。そうなると、住所も、信用できなくなってきた。

白浜警察署の署長の名前で、警視庁に、この住所と、上田貢一郎という人物について、調べてくれるように、要請した。

家族の承諾を得てから、司法解剖に回したかったからである。

二十四時間して、警視庁から、回答があった。

〈ご照会のあった、東京都杉並《すぎなみ》区下高井戸《しもたかいど》六丁目二十六番地一号の上田貢一郎について、報告します。

杉並区下高井戸には、一丁目から五丁目しかなく、六丁目は、存在しません。

念のため、一丁目から五丁目までについて、二十六番地の一号の地番について、調べましたが、そこに、上田貢一郎という人物は、住んでおりません。したがって、上田貢一郎という氏名も、偽名の可能性が高いと、考えます〉

しかし〈シーサイドホテル〉では、上田という男が予約したという。

そのことを、ホテル側にきくと、予約係は、上田貢一郎の携帯電話に、連絡したのだと、いった。

「何でも、外出していることが多いので、携帯のほうへかけてほしいと、いわれましてね。連絡は、上田様の携帯にしました」

「その番号は？」

「もちろん、控えてあります」

予約係のいう番号に、林刑事がかけてみたが、これも通じなくなっていた。

「この携帯は、今、どこにあるんだ？　第一、男は、ここに持ってきていたのかな？」

林刑事が、首をかしげた。

「ホテルの部屋にも、落下した地点にも、なかったよ。もし、ホテルにあれば、

「不通になんかならんだろう」

と、大木が、いう。

ホテルの1001号室にあったのは、男の背広と、靴、それに、ボストンバッグが一つ。

ボストンバッグのなかには、下着の着替えと、カメラだけで、携帯電話は、なかった。

背広には、二十五万円入りの財布があったが、CDカードなど、身分を証明するものは、入っていなかった。

背広にあったネームは〈上田〉と、あった。それを考えると、上田というのは、本名かもしれなかった。

男の死体は、家族の承諾が取れないままに、司法解剖されることになった。

その結果は、十四日の夜にわかった。

死亡推定時刻は、十三日の午前三時から、四時の間。

死因は、脳挫傷。

「たぶん、仏さんは、眠れなくて、午前三時頃まで、起きていて、酒を飲み、酔ってベランダへ出ていき、転落したんだろう」

と、大木は、いった。

「そんな時間に、何のために、ベランダに出たんだ？」

林が、きく。

「酔いざましだろう。俺と違って、仏さんは、高所恐怖症じゃなかったんだよ」

「じゃあ、君は、事故死だと思っているのか」

「うちの署長だって、そう思っているさ。指紋を採《と》って、警察庁に照会したが、前科はなかった。住所は、でたらめだったが、そんなことは、よくあることだ。それに、二十五万円の金も盗《と》られていない。殺人の可能性はゼロだと見ていい」

「自殺の可能性だってあるだろう？」

「あるが、事故死でも、自殺でも、警察が、捜査することじゃない」

3

四月十五日。

東京新宿《しんじゅく》の〈グランド・シティホテル〉の１４１２号室で、泊まり客の女が、服毒死した。

三十代の女性で、高梨《たかなし》ゆう子という名前で、十二日から、泊まっていた。

住所は、和歌山《わかやま》県白浜町になっていた。

ホテルから、警察に電話があった。

そのため、警視庁捜査一課から、西本と日下の二人の刑事が、急行した。

十四階の1412号室は、シングルルームだが、別室がついた部屋である。

その別室で、女は、死んでいたのだが、テーブルの上には、来客があったことを示すように、グラスが二つ並び、それには、ビールが、注がれていた。

女は、その片方を飲んで、死亡したのである。

もう片方のグラスは、飲まれた形跡が、なかった。

テーブルには、ビールの大瓶が一本、のっていたが、この大瓶は、室内の冷蔵庫には入っていないものだし、ホテル内では、販売されていなかった。

二人の刑事は、鑑識を呼んだ。

グラスと、ビール瓶についた指紋の検出を頼んだ。

鑑識係は、指紋を採るための作業をしていたが、その係官のひとりが、西本と、日下に向かって、

「こっちのグラスと、ビール瓶からは、指紋は、出ませんよ」

「仏さんが、飲んだほうのグラスは、どうなの？」

「指紋が、採れますね」

「どういうことなんだ？」

「誰かが、こっちのグラスと、ビール瓶から、綺麗に、指紋を拭き取ってるということです。ほかに、考えようがない」

「じゃあ、この部屋のなかで、ほかに、指紋が拭き取られているところがあるかどうか、調べてくれないか」

と、日下が、頼んだ。

そうしておいて、二人の刑事は、ホテルのフロント係、ルームサービス係などから、死んだ女について、話をきくことにした。

彼女は、四月十二日の午後二時頃に、ひとりで、チェックインしている。

「電話で、ご予約くださいました」

と、フロント係は、いう。

「予定は、何日までだったんですか？」

「一週間でした。四月十九日までです」

「それなのに、四月十五日に、死んだのか」

と、西本は、呟いてから、

「誰か、彼女を訪ねてきた人は、いませんか?」

「勝手に、1412号室にいかれた人については、わかりませんが、フロントを通して、訪ねてこられた方は、いらっしゃいません」

「電話をかけたり、かかってきたということは?」

「記録は、ありませんが、今は、皆さん、携帯をお持ちですから」

「しかし、あの部屋に、携帯は、なかったな」

「そうですか。お持ちだったような、気がするんですが――」

フロント係は、曖昧に、いった。

「彼女は、毎日、どんなことをしていたんですかね?」

と、日下が、きいた。

「ほとんど、外出はなさいませんでした。食事はホテルのなかのレストランでなさっていましたし、ルームサービスをとられることも、あったようです」

「誰かを待っていたのかな?」

「これで、殺人なら、犯人を、待っていたことになってしまうな」

と、西本と、日下は、顔を見合わせた。

宿泊カードには、０７３９—４３—×××と、彼女の住所と電話番号が、書かれていた。

「予約の電話は、この電話を使って、おこなわれたんですね？」

日下が、きく。

「そうです。八日に、ご予約くださいました」

「こちらからも、この電話にかけた？」

「はい。確認のために、かけさせていただきました。間違いなく、ご本人が、お出になりました」

フロント係の答えをきき、日下は、その電話番号にかけてみた。

だが、現在、使われていないという録音が、返ってきた。八日には、使えたのに、十五日現在、使えないというのは、どういうことなのだろうか。

西本と日下、二人の刑事の報告を受けて、捜査一課としては、殺人の可能性が高いと考え、新宿警察署に、捜査本部が、置かれることになった。

十津川警部が、その指揮に当たることに決まった。

遺体は、直ちに、司法解剖に回された。

その結果、死因は、青酸中毒による窒息死で、死亡推定時刻は、四月十四日の午後九時から十時の間となった。

指紋検出の結果も、報告があった。

二つのグラスと、ビール瓶のうち、被害者が飲んだと思われるグラスからは、被害者の指紋だけが出たが、ほかの二つからは、何の指紋も、見つからなかった。

明らかに、誰かが、丁寧に拭き取ったのだ。

鑑識が、調べたところ、1412号室のドアのノブ、椅子の肘かけの部分なども、同じように拭き取られていて、指紋は、検出できなかったという。

十六日に開かれた捜査会議で、こうした事実はすべて、報告された。

そのあと、十津川が、自分の考えを、三上刑事部長に、説明した。

「被害者の高梨ゆう子は、運転免許証もありましたので、本名だと考えてよいと思います。年齢は、三十五歳です」

「家族には、連絡が取れたのか?」

「取れません」

「なぜだ? 三十五歳の成人に、家族がまったくないというのは、考えられないじゃないか?」

三上が、不思議そうに、きく。

「白浜町のこの住所ですが、和歌山県警に問い合わせたところ、白浜温泉の『シーサイドビュー』というホテルとわかりました。ところが、半年前に、このホテルが、潰れまして、経営者一族は、行方不明になってしまっているのです。高梨ゆう子は、このホテルの美人若女将として、人気があり、テレビに出たこともあったみたいですが、ホテルが閉館されたあとは、彼女の消息も摑めなかったそうです」

「電話は、どうだったんだ？　八日には通じたんだろう？」

「そうです。この電話の件は、今、県警が、調べてくれています」

と、十津川は、いった。

「高梨ゆう子は、結婚していたのか？」

「いえ。独身で、婿さんを募集していたようです。詳しいことは、これからの捜査ということになってきますが」

「彼女は、四月十二日から『グランド・シティホテル』に泊まっていたんだな？」

「そうです。宿泊予定は、一週間でした。彼女は、出歩くこともなく、たぶん、誰かがくるのを待っていたと思います。それが、犯人だったと、私は考えます。

だから、夜でも、部屋に招じ入れた。ところが、犯人は、初めから、高梨ゆう子を殺す気で、ビールのなかに、青酸カリを混入して持参し、彼女に飲ませたのです。そのあと、犯人は、自分の指紋を拭き取って、逃げたと、見ています」

「わざわざ、グラスや、ビール瓶の指紋を拭き取らなくても、部屋の洗面所で、洗ってしまえば、すむことじゃないのかね？　そのほうが、楽だと思うんだが」

「その理由は、私にも、わかりません。犯人は、ひたすら、指紋を拭き取らなければいけないと、そのことばかり考えて、洗うという単純な方法を忘れてしまっていたのかもしれません」

と、十津川は、答えてから、

「もう一つ、高梨ゆう子は、部屋の電話を使っていませんから、携帯を持っていたと思うのですが、その携帯が、どこを捜しても見つかりません」

「犯人が、持ち去ったと思うのかね？」

「ほかに考えようがありません」

「理由は？」

「その携帯から、かけた相手がわかるのが、犯人は、怖かったのではないかと思います。つまり、彼女が、携帯で連絡した相手のなかに、犯人がいるのだと考えています」

「高梨ゆう子という被害者について、今、どこまで、わかっているのかね？」

「今、申しあげたように、半年前に倒産した白浜のホテルの娘という以外、何もわかっていないといってもいいところで、それは、県警に調べてもらっていますが、私も、一度、白浜へいってみたいと、思っています」

と、十津川は、いった。

二日して、和歌山県警から、高梨ゆう子についての報告が、届いた。

〈高梨ゆう子について、ご報告します。

彼女は現在三十五歳。白浜温泉の『シーサイドビュー』の社長、高梨太郎《たかなしたろう》と、妻、文子《ふみこ》の長女として、生まれています。彼女には、三歳年上の兄、明《あきら》がいましたが、二十歳の時に亡くなり、彼女が、将来『シーサイドビュー』の社長になることを自覚していたと、いわれます。

それまで、嫁にいくことを考えていたようですが、二十八歳の時から、ホテルを引き継ぐことに覚悟を決め、若女将としての修業を積むようになりました。

美人若女将ということで、客の評判もよく、テレビで紹介されたこともあります。『シーサイドビュー』は、三代続いたホテルで、大きさからいえば、白浜では中堅といったところです。客の評判もよく、バブルがはじけたあとも、堅実経営で、あのホテルは、大丈夫だろうといわれていましたが、半年前、突然、二百億円近い負債を抱えて倒産し、白浜の人々を驚ろかせました。

高梨夫妻と、娘のゆう子は、行方不明になってしまいました。債権者から逃げているのだろうとか、すでに、どこかで、一家心中をしてしまっているのではないかとか、いろいろの噂が流れました。娘のゆう子が、東京のホテルで死んだというのは、当地でも、驚きをもって、受け取られています。ゆう子は、和歌山の大学を卒業しており、同窓生の間では、才媛として、評判でした。身長百六十七センチ体重五十キロで、中学時代、走り幅跳びの県の記録を持っています。

両親が、ゆう子が男だったらよかったといったように、精神力が強く、二十歳で亡くなった兄の明より、もともと、ホテルの経営に向いていたと思われます。『シーサイドビュー』の突然の倒産については、さまざまな噂があり、いまだに、はっきりしていません。社長の高梨太郎が、詐欺に引っかかったという話から、海外に支店を作ろうとして、失敗した話、社長が悪い女に引っかかったという話まであります。

以上〉

4

この報告を読んだあとで、十津川は、亀井刑事と二人で、南紀白浜行を決めた。

東京―南紀白浜の航空機が、プロペラ機から、ジェット機になって、時間は、短縮されたが、一日二便の不自由さは、同じである。

二人は、午前八時三五分東京発のJASに乗った。朝早すぎるのだが、もう一便が、一六時五五分では、遅すぎてしまうのだ。

途中で少し揺れ、真新しい南紀白浜空港に着いたのは、五分遅れの九時五五分だった。

空港には、県警の大木という刑事が、パトカーで迎えにきてくれていた。

大木は、二人を、パトカーに案内してから、

「私の一存で『シーサイドホテル』を、ご用意しておきました。そこから、問題

の『シーサイドビュー』が、よく見えるものですから」

「名前が、似ていますね」

と、十津川が、いった。

「このホテルの社長は、倒産した『シーサイドビュー』社長高梨の、遠い親戚です。花田という四十五歳の若い社長で、なかなかの遣り手ですよ」

「なるほど」

「花田は、若い時、高梨社長に、私淑していて、自分から、勉強のために『シーサイドビュー』のフロント係をやっていたくらいです。その後、花田は、自分で、ホテルを始め、名前も、あやかって『シーサイドホテル』としたといっています」

「開業の資金は、どうしたんですかね？」

「もともと、彼の家は、熱海《あたみ》で、ホテルをやっていまして、そのホテルを売却して、この南紀白浜に、新しく、今の『シーサイドホテル』を開業したわけです」

「なるほど」

「実は、こちらでも、妙な事件が、起きていまして、そのこともあって『シーサイドホテル』に、お部屋を、取ったんです」

と、大木は、いった。

「どういうことです？」

十津川が、興味を感じて、きいた。

「四月十三日の早朝『シーサイドホテル』の最上階から、六十代の男が転落死をしました。その男の身元が、よくわからないのですが、彼が、タクシーの運転手や仲居に、倒産した『シーサイドビュー』のことを、しきりに話していたことがわかったのです。ホテルを予約するに当たっても、自分が去年の今頃、一日だけ泊まった『シーサイドビュー』が、よく見える部屋を、注文しているんです」

「四月十三日に死んだんですか？」

「十二日にチェックインして、十三日の午前三時から四時の間に、転落死を遂《と》げています」

「四月十二日ですか――」

東京のホテルで、亡くなった高梨ゆう子も、四月十二日に、新宿の〈グランド・シティホテル〉にチェックインしていた。

これは、偶然なのだろうか？

「その十階の部屋に泊まりたいね」

と、十津川は、いった。

「いいですか？　その部屋で」

「ぜひ、その部屋にして下さい」

「わかりました。縁起が悪いから、客は、いないと思います」

と、大木は、いった。

〈シーサイドホテル〉に入り、問題の部屋に、二人は案内された。

「そこの窓から『シーサイドビュー』が、よく見えるんです」

と、大木が、カーテンを開けた。

「あれが『シーサイドビュー』ですか？」

「そうです。中世風で、白いお城みたいで、若者にも、人気があったんですがね」

「確かに、洒落れたホテルだ」

亀井も、窓の外を見下ろした。

「ベランダがあるでしょう。男は、そこに出て、転落したんです。かなり、酔っていました」

大木が、説明する。

そのあと、茶菓子を運んできた仲居を、十津川たちに、紹介した。

「その時の仲居さんです。名前は、井上君子さんです」

「そのお客は、酔っていたんですか？」

十津川が、確認するように、きいた。

「ええ。夕食の時も飲んでいたし、夜中にも、飲むといっていらっしゃいました」

と、君子が、いった。

「酔っ払って、ベランダから、転落したと、あなたは、思いますか？」

「警察の方は、そう思っていらっしゃるみたいですけど――」

「あなたは、どう思うんです？」

十津川は、重ねて、きいた。

君子は、相談するように、大木刑事の顔を見た。

「君は、何かしっているのか？」

大木が、首をかしげて、君子を見る。その顔には、ここの警察が、事故死と見ているのに、まさか、ほかの考えを持っているなんて、信じられないという顔だった。

「ええ。一つだけ、しってることがあります」

と、君子は、いった。

「われわれに、話さなかったことがあるのか？」

大木が驚いて、きく。

「そちらが、きかなかったから」

「何のことだ？」

「携帯電話のことですよ」

「携帯は、仏さんは、持ってなかったんだ」

「でも、私は、見てるんですよ」

「いつ？」

「夕食のあと、夜中にも飲むかもしれないというので、お酒と、軽い夜食を、枕元にご用意したら、チップをくださったんです。お礼をいって、退《さが》ろうとした時、お客様が、携帯を、取り出しているのが見えたんですよ」

「本当なのか？」

「ええ。本当ですよ」

「じゃあ、なぜ、転落した場所にも、この部屋にも、携帯がなかったんだ？」

「そんなこと、しりませんよ」

君子は、怒ったように、いった。

「大木刑事」

と、十津川が、呼んだ。

「はい」

と、大木が、十津川を見た。

「あるべきものがなくなっているというのは、誰かが、持ち去ったということじゃありませんか」

「しかし――」

「犯人がいたんだよ。事故死じゃなくて、殺人事件なんじゃないの？」

亀井が、大きな声を出した。

「ちょっと、失礼します」

大木は、慌てて、部屋を出ていくと、廊下で、署に携帯電話をかけた。

署長に、十津川たちを、ホテルに案内したことを、告げてから、

「ホテルの仲居が、われわれに話さなかったことを思い出したんです。亡くなった男が、携帯電話を持っているのを見たというんです」

「しかし、現場には、携帯は、なかったんだろう?」

「そうです。しかし、仲居は、見たといって、ききません」

「どういうことなんだ?」

電話の向こうで、署長の声が、甲高くなる。

「仲居の話が本当だとしますと、その携帯は、どうなったかが、問題になってきます。何者かが、持ち去ったということになります。つまり――」

「事故ではなく、殺人事件の可能性が、出てくるんだろう!」

署長が、怒鳴った。

「そのとおりです」

「本庁の刑事は、何かいってるか?」

「いるところで、仲居が、携帯のことを話したものですから、向こうも、事故死じゃなくて、殺人事件じゃないかと、いっています」

「私から、県警本部へ話をする」

と、署長は、いった。

「私は、どうしたらいいですか?」

「君は、帰ってこい」

と、署長は、いった。

5

二人だけになると、十津川は、亀井と向かい合って、椅子に腰をおろし、煙草に火をつけた。

「妙なことになってきたね」

「そうですね」

亀井は、うなずき、仲居が置いていったお茶を、口に運んだ。

「カメさんは、どう思うね？」

「和歌山県警も、慌てていると思います。事故死と思っていたのが、殺人事件となれば、捜査そのものを、一八〇度、変えなければいけませんから」

と、亀井は、いった。

十津川は、小さく首を横に振って、

「問題は、その先だよ」

「と、いいますと？」

「東京で起きた殺人事件と、この南紀白浜で起きた殺人事件の関連性だ。二つの事件は、関係があるのかどうかということだ」

と、十津川は、いった。

「警部は、関係があると、お考えですか？」

「私は、カメさんの考えをききたいんだ」

「そうですね。ここにくるまで、正直にいって、関連があるとは、考えたことがありませんでした。東京は、殺人事件で、こちらは、事故死と思っていましたから。しかし、こちらの事件も、同じく殺人事件だとなると、いやでも、関係を、考えざるを得ません」

「そうだよ」

「それで、今、共通点があるかどうか考えているんですが――」

と、亀井は、自分の手帳を取り出して、ボールペンで、書きつけていった。

「いくつかの共通点が、ありますね。第一は、倒産した『シーサイドビュー』というホテルが、絡んでいるということです。東京のホテルで殺された女は、問題のホテルの若女将でした。一方、こちらで殺された男の身元は、はっきりしませんが『シーサイドビュー』に、関心を持っていたことは、わかっています。第二は、日付です。共に、四月十二日に、それぞれ、東京と、この南紀白浜のホテルに、チェックインしています。まだ、このことが、関係があるかどうかは、わかりませんが」

「ほかには？」

十津川が、さらに、きく。

「毒殺と、転落死は、死に方に違いがありますが、共通点もあります」

と、亀井は、いった。

「私も、それに、興味を持っているんだ」

十津川も、同意した。

「二つの事件とも、携帯電話が、消えてしまっています。犯人が、持ち去ったと考えるのが、妥当だと、私は、思っています」

「犯人は、二つの事件で、なぜ、携帯にこだわったのだろうか？　この白浜の事件についていえば、携帯さえ盗まなければ、事故死ですんでしまったのに、それを、自分で、くつがえしてしまっている」

「東京のケースと同じで、その携帯から、被害者の身元が割れていくことや、どこの誰と電話したかがわかるのが、怖かったんだと思います。つまり、そのなかに犯人がいるんだと思われます」

と、亀井は、いった。

「ほかに、二つの事件の共通点は、何かあるかね？」

「事件のというより、二人の被害者の共通点があるような気がします。二人とも、ほとんど、外出していません」

「それを、カメさんは、どう思うね？」

「二人とも、じっと、誰かを待っていたんじゃないでしょうか。東京の高梨ゆう子は、明らかに、十二日から、ずっと、待っていたんだと思います」

「訪ねてきたのが、犯人だったということだな？」

「そう思います」

「この白浜のケースは、どう思う？」

「彼も、誰かを待っていたんだと思います。十二日に、チェックインし、彼は、酒を飲みながら、待っていた。このホテルのドアは、オートロック式ですから、犯人は、キーを持っていない限り、客が、開けなければ、部屋に入れません。したがって、男は、自分から、ドアを開けて、相手を迎え入れたんだと思います」

「東京と同じく、犯人を、自分から、迎え入れたということだね？」

「私は、そう考えます。東京と白浜とも、犯人は、被害者と顔見知りの可能性が強いと思います」

と、亀井は、いった。

「共通点が、いっぱいあるということになってくるね」

「あとは、ここで殺された男の身元です。それが、わかれば、はっきりしてくると、思います」

6

和歌山県警では、南紀白浜で起きた事故死を、殺人事件と断定し、白浜警察署に、捜査本部を、設けることにした。

事件の担当は、木村という警部に決まった。

木村は、三十七歳の若手である。

彼は、いつもの事件以上に、緊張していた。その理由の一つは、本庁の警部が、南紀白浜にきているということだった。

(本庁の人間には、負けたくない)

という思いが、木村たちにはあった。しかも、その本庁の刑事に、指摘されて、事故死と思っていたのが、殺人事件になったという、いきさつもある。

「本庁で、捜査しているのは、倒産した『シーサイドビュー』の若女将が殺された事件だな?」

木村は、確認するように、大木と、林の二人に、きいた。

「そうです。それで『シーサイドビュー』の建物を見に、十津川という警部と、亀井という刑事が、やってきて、今『シーサイドホテル』に泊まっています」

と、大木が、いった。

「上田という男が、転落死したホテルだろう?」

木村が、眉を寄せていた。

「そうです。まさか、殺人事件になるとは、思わなかったので、案内してしまいました」

大木は、申しわけなさそうに、いった。

「それで、本庁の二人は、こっちの事故死が、殺人事件になって、戸惑っていたかね? それとも、喜んでいたかね?」

「どちらともいえません。妙なことになってきたなという顔をしていましたから」

「君たちは、二つの事件が、関係があると思うかね？」

「男の身元がはっきりしないと、何ともいえないと思いますが」

「本庁の刑事は、きっと、関係があると、思っているに違いない」

と、木村は、いった。

「そうでしょうか？」

「本庁の刑事というのは、どこで起きた事件でも、自分たちで、解決して見せると、思っている」

「なるほど」

「向こうさんは、何でも自分の手柄にしたがる。自分たちのほうが、県警なんかより、頭がよくて、事件解決の力があると、思っているんだ。絶対に、本庁の刑事なんかに、負けたくない」

木村は、強烈な敵愾心を見せて、いった。

「しかし、別の事件なら、競争にはならないでしょう？　いくら、本庁の連中でも、こっちの事件にまで、口を挟んでこないと思いますが」

大木が、遠慮がちに、いった。が、木村は、強く、首を横にふって、

「それが甘いんだよ。少しでも、関係があれば、どんどん、口を挟んでくる。今度のような事件では『シーサイドビュー』という共通点がある。必ず、こっちの領分に入りこんできて、こっちの捜査まで、指揮しようとするぞ。それに、いやでも、犯人逮捕の競争になる。どちらが、先に、事件を解決するかという競争だ。県警本部長も、その点について、神経質になっている。例え一分でも早く、犯人をあげろと、いっていた」

「二つの殺人事件ですが、同一犯人だったら、どうしますか？」

林が、きく。

「それでも、犯人逮捕の競争になる。周囲が、注目する。もし、この競争に負けたら、やっぱり、本庁の刑事のほうが優秀なのだということになってしまう。向こうは、鼻高々になるんだ」

「そうなると、負けられませんね」

「そうだ。負けられないよ」

と、木村は、語気を強めて、いった。

この気持ちは、木村だけのものではなかった。捜査会議の席上、県警本部長は、刑事たちを、叱咤激励した。

「和歌山県警については、最近、批判ばかりが多い。今、本庁と、似たような事件を競争で捜査することになった。ひょっとすると、同一犯人の可能性もある。いやでも本庁と捜査合戦になって、マスコミも注目することは、間違いない。もし、この競争に負けたら、やっぱり、和歌山県警は力がないのだと、決めつけられてしまう。そんな屈辱は、絶対にごめんだ。本庁より、一時でも早く、犯人を逮捕し、本庁の鼻をあかして、ほしい。木村警部にきくが、今、どちらが、リードしているのかね？」

「捜査は両方とも、始まったばかりで、いわば、同じスタートラインに立っていると思います。ただ、東京の殺人事件のほうは、被害者の身元が、はっきりわかっていますが、こちらの殺人事件のほうは、殺された男の身元が、はっきりしていません。背広のネームが、上田になっているので、上田という名前だろうというだけです。その点で、わずかに、出遅れていることは、否定できません」

と、木村は、いった。

「どうして、身元が、摑めないんだ？」

県警本部長が、怒ったように、きく。

「宿泊カードの住所が、でたらめでしたし、前科もありませんから、今は、身元を確認する方法がありません。ただ、被害者が、倒産した『シーサイドビュー』に、少なからぬ関心を持っていたことは、間違いないと思います」

「しかし、本人は、仲居に、去年の今頃、一度だけ『シーサイドビュー』に泊まっただけだといっているんだろう?」

「それは、信用できません」

「なぜ?」

「たった一度、泊まって、親切だった。しかも、そのホテルは、倒産して、誰もいないんです。そのホテルを、ただ見たいからと、わざわざ、東京から、見にくるでしょうか? 駅から乗ったタクシーの運転手にも『シーサイドビュー』のことを話しています。ただ単に、懐かしいだけではないのだと、私は、考えています。被害者は、倒産した『シーサイドビュー』と、深い関係にあった男ではないのか。また、そのために、殺されたのではないか。私は、そんなふうに、考えています」

「しかし、東京の人間だと、見ているんだろう?」

「そうです。宿泊カードの住所は、でたらめでしたが、そのでたらめさが、面白いのです。男は、杉並区下高井戸六丁目二十六番地一号上田貢一郎と、記入していて、もっともらしいのですが、下高井戸五丁目までで、六丁目のないことがわかりました。それを考えると、男は、それをしっていて、わざと六丁目と書いたのではないかと、私は、考えています」

「なぜ、そんな七面倒臭いことをしたと思うのかね？　実在の五丁目にすれば、いいんじゃないのかね？　どうせ、調べれば、偽の住所と、わかるんだから」

県警本部長は、首をかしげる。

「確かに、そのとおりですが、彼は、六丁目と書いているんです。杉並の人間なら、それだけで、偽の住所とわかるのにです。それを考えると、わざと、六丁目と、書いたと、思わざるを得ないのです。理由は、わかりません。名前のほうも、同じことが考えられます」

「同じこと？」

「つまり、男は、偽名を使ったと思うのですが、まったく、でたらめの名前を使ったのではなく、姓の上田は、本名のままで、名前の貢一郎のほうだけ、でたらめではないかと、考えるのです。背広のネームも、上田になっていますから」

「君のいうとおりだとして、今も、いったように、なぜ、そんなことをしたのかが、わからないがね」

と、県警本部長は、繰り返した。

「暗号みたいなものじゃありませんか」

若い林刑事が、手をあげていった。

「暗号？　何の暗号だ？」

「自信がないんですが――」

「構わないから、いってみたまえ」

「被害者は、七丁目でも、八丁目でもなく、六丁目と書いています。しかも、六丁目は、存在しない。とすると、六という数字に、何か意味があるのではないかと、私は考えてみたんですが――」

「誰に対する暗号だ？」

「見る人が見れば、わかるという――」

林は、いかにも自信がないという表情で、いう。

「ふーん」

と、県警本部長は、鼻を鳴らしたが、

「どうも、ぴったり、こないな」

と、いった。

それで、林は、黙ってしまった。

県警本部長は、林刑事のことは、忘れてしまったようで、木村警部に目をやって、

「とにかく、本庁に負けないように、全力をつくせ。ただし、表面的には、仲よくだ」

と、念を押した。

会議のあと、木村警部は〈シーサイドホテル〉に泊まっている十津川警部に、挨拶に出かけた。

正式に、捜査本部が置かれたことを、告げてから、

「被害者の身元は、まだわかりませんが、東京の人間だということは、ほぼ、間違いないので、警視庁の協力をお願いするかもしれません。その節は、よろしくお願いします」

と、神妙に、いった。

十津川も、微笑して、

「こちらも、逆に、被害者の高梨ゆう子が、ここ、南紀白浜の人間ですから、当

然、助力をお願いすることになると思いますので、よろしく、お願いします」

「犯人像は、もう浮かんでいますか?」

「とんでもない。まだ、何もわかっていません。どこをどう捜査したらいいか、見当もつきません」

と、十津川は、いった。

第二章　後を継ぐ者

1

四月十九日。

昼すぎに、小雨が降り出した。典型的な春雨《はるさめ》である。

気温は、むしろあがって、南紀白浜は、暖かいというよりも、むっとする暑さになった。

この雨のなかで、ウインドサーフィンに興じている若者の姿も、多く、見受けられた。

〈シーサイドホテル〉では、午後になって、十二人の客が、チェックインした。

そのなかに、四十歳前後の女性が、ひとりいた。女性のひとり旅も、最近では、珍しくなったが、この女性に、仲居の井上君子は、興味を持った。

理由は、彼女が、電話で予約したとき〈シーサイドビュー〉が、よく見える部屋がいいといったと、きいていたからである。

その話は、君子に、いやでも、一週間前にやってきて、転落死した上田貢一郎という男の客のことを、思い出させたからである。

君子は、今でも、時々、県警の刑事から、あの客のことで、尋ねられることがある。

依然として、身元は、はっきりしないらしい。

君子としては、自分のひと言で、事故死が、殺人事件に変わってしまったのだから、忘れようとしても、忘れられないのだ。

品のいい、六十代の紳士だったと思う。君子が、携帯電話のことを思い出さなければ、今頃、事故死か、自殺で、すんでしまって、彼女自身も、悩まされなくてすむのだが、見たことは、黙っていられなかったのだ。

上田貢一郎という名前も、偽名らしいが、本名がわからないので、新聞などでは、今でも、この事件を書くとき、上田貢一郎と、書いている。君子も、自然に、その名前で、死んだ男のことを、呼んでいた。

上田の泊まった部屋は、今は、使っていない。警察が、しばらく、新しい客を泊めないでくれと、いっていたからである。

それで、今日の女性は、その隣の部屋に、案内した。

君子が、案内すると、女性客は、すぐ、窓のカーテンを開け、

「あれが『シーサイドビュー』ね」

「ええ」

と、君子は、うなずいたが、自然に、

「お客様は、何か、あのホテルに、思い出を持っていらっしゃるんですか？」

同じことを、この女性にも、きいた。

「昔ね、一度だけ、あのホテルに泊まったことがあるの。その時の印象が、あまりにも、よかったものだから、もう一度、見てみたくてねえ」

女は、懐かしそうに、ホテルを見つめている。

（あの上田という客と同じだわ）

と、君子は、思った。

それで、黙っていられなくなって、

「一週間前にも『シーサイドビュー』が見たいというお客様が、いらっしゃった

んですよ」

「そうなの。いいホテルだったから、そういう人が、いるでしょうね。女の人？」

「いいえ。六十五、六歳の男の方です。私が、お世話しました」

「そう。それで、その男の方は、どうなさったの？」

「亡くなりました」

「どうして？」

「私にも、理由は、わからないんですけど、転落して、亡くなったんです。最初は、自殺か、事故死だと思われたんですけど、あとになって、殺人とわかったんです。誰かが、突き落としたんですよ」

「殺されたの――」

「ええ。一週間たったんだけど、まだ、何もわからないみたいですよ。その方も、一度『シーサイドビュー』に泊まって、とても、いい印象があったので、また、見てみたいと、おっしゃってました」

「その方が、生きていたら、一緒にあのホテルのことを、話し合ってみたかったわね」

「そんなに、素晴らしかったんですか？」

「ここみたいに、大きくはないホテルだったけど、オーナーの方も、若女将さんも、ご親切で、まるで、自分の家にいるような、ゆったりした気分になれたの。今、団体優先で、マニュアルどおりのサービスしか受けられないから、なおさらね」

「その若女将の高梨ゆう子さんが、東京で亡くなったことを、ご存じですか？」

「本当なの？」

「ええ。東京からも、刑事さんがやってきて、いろいろと、調べていきましたよ。東京のホテルで、殺されたんですって」

「あの美人の若女将が、殺されたの。そうなの。怖い世の中になったわ」

と、女は、溜息をついた。

「何日か、お泊まりなんですか？」

と、君子は、きいた。

「一応、二十二日まで、泊まることにしているんだけど」

と、女は、いってから、急に、じっと、君子を見て、

「私ね。ちょっと、人相とか、姓名判断に凝っているんですよ。よかったら、見てあげましょう」

「本当ですか。私、そういうの好きなんです」

君子は、座り直した。

女は、にこにこ笑いながら、まず、君子の名前をきいて、メモに、書きつけ、それから、じっと、君子の顔を見、また、血液型をきいた。

「AB型ですけど」

「私も、AB型なんですよ。血液型だけで、判断しては駄目なの。同じAB型でも、丸っきり違う性格の人もいますからね。人相や、姓名と、総合的にみて、判断しなければいけないのよ」

女は、そんなふうに、喋りながら、君子の手を取って、じっと、見つめる。

君子は、真剣な表情になって、

「できれば、将来のことが、しりたいんですけど」

「一度、結婚なさったけど、わかれたと、手相には出ているわ。それも、最近ね。二年か、三年前」

「当たっています」

「お子さんは、あなたが、引き取ったの？」

「ええ。わかれた夫には、任せておけませんでしたから」

「そうね。お子さんには、いい判断だったと思うわ。わかれたご主人には、あなたのよさが、わからなかったのね」

「それで、私の将来って、今までみたいに、うまくいかないんでしょうか？」

「そんなことはないわ。二年以内に、あなたのことを、本当に理解してくれる男性が、現れますよ。その人と一緒になれば、必ず、幸福になりますね」

「本当ですか」

「ええ。間違いありませんよ。あなたの性格は、明るくて、人好きで、ただ、ちょっと、詮索好きかな」

女が、いう。君子は、苦笑して、

「そうなんですよ。でも、やめられなくて——」

「別に、改めることはないわ。私だって、詮索好きなの」

「そうなんですか」

「不正なことを見ると、黙っていられなくなるの」

「私も、そうなんです。亡くなった上田さんってお客さんなんだけど、携帯電話がなくなっているのを、黙ってられなくて、警察に話してしまったんです。それで、殺人だということが、わかったんです」

「それは、正しいことをしたんですよ。あなたが、本当のことをいわなければ、警察も動かなかったでしょうから」

「大きな指輪してるんですね」

君子は、女の左手を見て、いった。

「これ？　私が、持ってる一番大きな指輪なの。全財産ね」

と、女は、笑った。

「ルビーですね」

「ええ。この大きさのルビーは、なかなか、ないの」

と、女は、いってから、

「このホテルに、有村晴子《ありむらはるこ》さんって方、いらっしゃるかしら？」

「ええ。経理の責任者の者ですけど、ご存じなんですか？」

「東京にいらっしゃった方ね？」

「ええ。そうきいてます」

「じゃあ、間違いないわ。東京にいた時、ちょっと、揉めたことがあったんですよ」

と、女は、いう。

君子の詮索好きの性格が出てきて、

「どんな、揉めごとなんですか？」

「こういうと、悪口になっちゃうんだけど、彼女、お金にだらしがないの」

「ええ。そんな話、きいたことありますわ」

「東京にいたとき、ちょっと、まとまったお金を、お貸ししたんだけど、まだ、返していただいてないの」

「どのくらいのお金なんですか？」

「一千万くらいね」

「そんなにですか」

「ええ。それで、ここにいると、わかったんで、きちんと、話し合おうかと思って」

「呼んで、参りましょうか？」

「いいえ。あとで、ひとりで、会ってみます。この近くに、住んでいらっしゃるんでしょう？」

「ええ。ここから、歩いて、七、八分のマンションに住んでいますよ」

君子は、そのマンションの場所を、教えた。

正直にいって、有村晴子という女に、いい感じは、持っていなかった。簿記ができるので、このホテルの経理の責任者になっているが、彼女のことを、よくいう人はいなかった。

仲居なんかには、高飛車に出てくるし、なぜあんな女を、経理の責任者にしているのか、ここのオーナーの気持ちがわからないという人も多い。

「夜になったら、会いにいってみようかしら」

と、女は、いった。

「用心したほうがいいですよ。口が、うまい人だから」

「そうなの」

「ええ」

と、君子は、うなずいた。

2

夜になって、雨が、やんだ。

女は、夕食のあと、君子に、

「有村晴子さんに、あとで、会いにいってみるわ」

と、いった。

彼女は、宿泊カードに〈竹下可奈子《たけしたかなこ》〉と、書いていた。東京の住所である。

この竹下可奈子が、いつ、外出したか、君子には、わからなかった。

布団を敷きにいくと、女の姿はなかったから、その前に、外出したのだろう。

翌二十日の朝、君子が「お早ようございます」と、入っていくと、女は、いなかった。

布団に、寝た様子は、なかった。君子は、慌てて、フロントにいき、竹下可奈子という客のことを、話した。

このホテルでは、外出の時、キーは、そのまま、持って出ていいことになっているので、フロントでは、帰ったかどうかは、わからないと、いう。

「でも、お帰りになっていませんよ」

と、君子は、いった。

それで、騒ぎになり、ホテルのほうで、警察に、届けた。

一週間前の事件のことがあったので、県警から、大木と林の二人が、やってきた。

「その竹下可奈子という客が、外出したのは、何時頃だね？」

と、大木は、フロント係にきいた。

「午後八時頃だと思います。いちいち、お客様は、外出しますといって、出ていきませんから」

フロント係が、答える。憮然とした顔なのは、一週間前の事件のことがあったからだろう。

「どこへいったのかわからないかな？」

「わかりませんね」

その話をきいていて、君子は、有村晴子の名前を、口にしかけたが、やめてしまった。まだ、有村晴子に、会いにいったかどうかは、わからなかったからである。

しかし、午前九時をすぎても、その有村晴子は、出社してこなかった。

もちろん、ホテル側は、彼女と、竹下可奈子のことをしらないので、晴子の欠勤について、騒ぎ出したりは、しなかった。

君子だけが、やきもきしていた。それで、昼休みになると、彼女は、自転車で、晴子のマンションにいってみた。

五階建てのマンションである。その三階の角部屋、301号室に〈有村〉の名前が出ている。

三階にあがって、インターホンを鳴らしてみたが、返事はなかった。それ以上のことは、できないので、君子は、ホテルに帰ってしまったが、不安は、どんどん、大きくなっていく。

一千万もの借金だと、竹下可奈子は、いっていた。それを返してもらいにいって、何かあったのではないのか。

夕方になっても、竹下可奈子は、ホテルに戻ってこなかった。

警察の捜索でも、見つからない。

その夜の深夜、十二時すぎだった。

サファリパークの裏手の山のなかで、突然、火の手が、あがった。

山のなかの小さな空地《あきち》だった。

ガソリンか灯油でも使ったのか、猛烈な火勢だった。

消防車二台が、駆けつけたが、手に負えなかった。

小さな材木を、積みあげて、それに、ガソリンか灯油をかけて、火をつけたものらしい。消火剤や放水では、なかなか消えず、消防士たちは、遠巻きにして、火勢の弱まるのを待つことにした。

一時間近くして、やっと、火勢が、弱くなり、いっせい放水で、鎮火になった。

だが、消防士たちが、現場を調べると、そこに、黒焦げになった死体を発見し、大騒ぎになった。

死体は、完全に焼けて、男女の区別さえ、簡単には、わからなかったくらいである。

それが、中年の女性らしいとなったのは、三時間近くたって、司法解剖に回されてからだった。

ここにきて、君子も、黙っていられなくなり、警察に、有村晴子のことを、話さないわけには、いかなくなった。

大木と林の二人は、すぐ、マンションの彼女の部屋に急行した。

管理人に、ドアを開けてもらって、なかに入った。

2DKの部屋である。

晴子の姿はなかったが、奥の部屋のテーブルには、封書が、置いてあった。

二人の刑事が、それを開けて、なかの便箋を取り出した。

〈お金のことで、揉めましたが、責任は、私にあるのです。今の私には、返すあてがありません。

必ず、返しますといいましたが、いまはどうすることもできないので、しばらく、姿を消すことにしました。別のところで、働き、まとまったお金ができたら、返済しますので、許して下さい。

竹下可奈子様

有村晴子〉

二人の刑事は、部屋のなかを、調べてみた。三面鏡や、洋ダンスの引き出しなどを調べてみたが、現金、通帳、CDカードなどは、何一つ見つからなかった。

たぶん、有村晴子自身が、持ち出したのだろうと、刑事は、解釈した。

大木と林の二人が、捜査本部に戻って、木村警部に報告した。

「それで君たちは、どう思うんだ？」

と、木村は、二人の刑事に、きいた。

「肝心の竹下可奈子のほうが、いまだに、行方不明です。それに、山のなかで、見つかった女の焼死体のことがあります。それを繋げて、解釈しますと、自然に一つの結論が出てくると、思っています」

と、大木は、いった。

「つまり、逃げた有村晴子が、竹下可奈子を殺したという結論か？」

「そうです。仲居の井上君子の証言によりますと、竹下可奈子という客は、有村晴子に一千万円を貸しており、それを返してもらいにいってくると、話していたそうです。たぶん、彼女は、有村晴子の自宅マンションに出かけたんだと思います。それで、返せ、返せないと口論になったんだと思いますね。かっとした晴子のほうが、可奈子を、殴りつけるかして、殺してしまった。その死体の処置に困って、山のなかで、ガソリンをかけて、燃やしてしまった。ただ、それでは、自分が、疑われるので、こんな置手紙を残して、逃げたんだと思います。自分は、どこかで働いて、返すつもりだと書いてです」

大木は、置手紙を見せて、いった。

「筆跡は、本人のものなのか？」

「今、筆跡鑑定を頼もうと思っていますが、私が見たところ、同じ筆跡に見えます」

「有村晴子というのは、どういう女なんだ？」

木村が、二人に、きいた。

「評判は、よくありません」

と、林が、いった。

「どんなふうに、よくないんだ？」

「ホテルでは、経理を任されているんですが、オーナーの信頼をいいことに、尊大に振る舞っていたと、誰もが、証言しています」

「どうして、ホテルのオーナーは、彼女を信頼していたんだろう？　従業員のなかでは、嫌われていたんだろうに」

「その点は、わかりませんが、経理の才能が、あったからじゃありませんか。事実、仕事の面では、高く、評価する人間が、いますから」

と、林は、いった。

「年齢は？」

「四十歳だときいています。一度結婚したことがありますが、現在は、独身です」

林は、有村晴子の写真を、木村に見せた。

「気が、強そうだな」

と、木村は、感想をいった。

「そうです。事実、気が強いらしいです。気に入らないと、男の従業員でも、平気で、怒鳴りつけていたようですから。フロント係のなかには、反発する者もいるようですが、今、いいましたように、オーナーのお気に入りということで、じっと、我慢していたともいいます」

「一千万円の借金というのは、本当なのか？」

木村が、きく。

「証拠はありませんが、竹下可奈子が、返済を迫りにきたといいますし、晴子の置手紙にも書いてありますから、本当だと思いますね。何にもなければ、逃げ出したりしないでしょうから」

「焼死体には、ガソリンが、かけられていたんだな？」

「そうです。灯油という話もありましたが、ガソリンと、消防が、いってきています」

「犯人は、やはり、有村晴子か？」

「だと、思いますが――」

林は、いった。

「それを、徹底的に調べてみよう」

と、木村は、いった。

3

司法解剖の結果が出た。

死因は、頭蓋骨陥没で、死亡推定時刻は、四月十九日の午後八時から、九時の間となった。

焼死ではなかったのだ。それは、前日の夜、すでに、死亡していたことになる。

亡くなった女性は、推定年齢三十歳から五十歳。身長百六十センチ、体重五十キロ。血液型はAB。

これが、死体のデータである。

有村晴子のデータとも一致するが、ホテルに泊まっていた竹下可奈子という女性客とも、一致していた。

ホテルのフロント係や、仲居たちの証言によると、竹下可奈子は、身長百六十センチで、体重五十キロぐらい。仲居の井上君子は、血液型は、ABといっていたと証言している。

もう一つ、君子は、竹下可奈子が、大きなルビーの指輪をしていたと、証言していた。

「七、八カラットぐらいは、ありました」

と、君子は、いう。

確かに、死体の左手薬指には、指輪があった。ただ、ルビーも、焼けてしまっている。

それを、警察は、鑑定に回した。

焼けて、半ば、炭素化してしまっているが、元は、ルビーだという鑑定結果が、出た。

ほとんど同時に、置手紙の筆跡鑑定の結果も、報告された。

予想どおり、有村晴子の筆跡に、間違いないというものだった。

もう一つ、晴子のマンションを詳しく調べた結果、部屋の床から、晴子のものとは違う、女性の長髪が、見つかった。

それは、竹下可奈子のものではないか、という見方が生まれたが、それは、確証が、なかった。

捜査会議では、有村晴子が、竹下可奈子を殺し、ガソリンをかけて、焼いたという見解が、圧倒的だ。

そこで、当然、竹下可奈子は、何者なのかということになった。

〈東京都調布市《ちょうふ》入間町《いるままちょう》二丁目　コーポ若葉401号〉

これが、ホテルの宿泊カードに記入された住所である。

県警としては、警視庁に、この住所をしらせ、竹下可奈子について、調べてもらうことにした。

回答は、すぐ、もたらされた。

〈竹下可奈子について、回答します。

おしらせの調布市の住所を、早速調べましたが、その住所に、コーポ若葉というマンションは、存在しません。また、調布市の住民のなかに、竹下可奈子という名前の女性は、三人実在しますが、二人は、小学生であり、三人目は、七十五歳の女性であり、ご照会の女性とは、一致しておりません。したがって、竹下可奈子というのが、偽名か、住所が、でたらめかのいずれかだと思われます。また、両方ともでたらめだとも考えられます〉

これが、回答だった。

それでは、どうやって〈シーサイドホテル〉に予約したかということだが、ホテルに確認すると、四月十九日当日に、JR白浜駅のインフォメーションセンターから、今、おたくのホテルに泊まりたいという女性がきているので、部屋は、空《あ》いているかという連絡があったのだという。

「ウィークデイで、部屋が空いていたので、喜んで、泊まっていただくことにしました」

と、ホテル側は、話した。

「その時『シーサイドビュー』が見える部屋がいいということも、おききしました」

それでは、でたらめの住所を書いても、気がつかなかったこともわかる。

「問題は、二つある」

と、木村警部が、部下の刑事たちに、いった。

「一つは、有村晴子が、今、どこにいるか、なぜ、竹下可奈子を殺したか、それを解明することだ。もう一つは、前の事件との関係だ。同じ『シーサイドホテル』に泊まった上田貢一郎が、殺されたが、今回の事件と、よく似ている。彼も、結局、身元不明で、その上、閉館された『シーサイドビュー』のことを、懐かしんでいた。事件が、似ていたというより、殺された二人が、似ているといっていいんだよ。二人の間に、何か関係があるのかもしれない。いや、もっといえば、貢一郎が殺されたので、代わりに、竹下可奈子がやってきたといえるのかもしれない」

「何のためにですか？」

と、大木が、きいた。

「竹下可奈子は、東京で貸した一千万円を、有村晴子に会って、返してもらいにきたといわれている。上田貢一郎も、有村晴子に、借金の取り立てにきたということなのだろうか？　上田貢一郎は、殺されてしまったので、竹下可奈子が代わりに、一千万円をもらいにきたのか。かもしれないが、その点、自信がないな」

木村は、首をかしげて、いった。

「もし、警部のいわれることが当たっているとしますと、上田貢一郎を殺したのも、有村晴子ということになってきますね」

林刑事が、いう。

木村は、うなずいたが、

「ただ、上田貢一郎も、竹下可奈子も、閉館された『シーサイドビュー』のことを、やたらに、気にしていた。それが、事件とどう関係してくるのかが、わからんのだよ」

と、いった。

それに対して、吉田というベテランの刑事が、

「有村晴子ですが、一時『シーサイドビュー』の経理をやっていたことがあるんです。まだ、あのホテルが、盛況だった頃です」

「それは、本当か？」

「間違いありません。もともと、二つのホテルのオーナーは、親戚関係ですから、経理係が、いったりきたりしても、おかしくはありません」

「なるほどな」

と、木村は、いった。が、それで、充分に納得した顔ではなかった。竹下可奈子は、仲居の井上君子に対して「東京で、有村晴子に貸した」と、いっていたからである。

「有村晴子は、東京にいたことがあるのかね？」

と、木村は、吉田に、きいた。

「それは、きいたことがありません。遊びで、東京にいったことは、あるでしょうが。ああ、それから、彼女は、東京の経理専門学校を出ています。しかし、働くようになってからは、ずっと、白浜です」

「今、彼女は、四十歳だろう？」

「そうです」

「学生時代といえば、二十年前じゃないか、そんな頃、一千万も貸す人間が、いたとは、思えない。とすると、東京に遊びにいったときに、借りたということかね。これだって、信じられないがね」

木村は、また、首をかしげていたが、

「彼女の私生活は、調べたか？」

「調べました」

と、吉田が、いった。

「どんな具合だ。一千万円も借りたとすると、何か高価なものを買ったとかしたんだろうが、ね」

「それはありません。が、男がいたという噂はききました」

「男？　その男に、入れあげたということか？」

「有村晴子は、二十五歳の時に、一度、結婚していますが、夫のギャンブル好きと、暴力のせいで、一年で離婚し、その後、一度も再婚していません。ただ、最近になって、男がいたらしいという噂があるのですが、どうしても、相手を、特定できません」

吉田は、残念そうに、いった。

「まったく、わからずか？」

「中年の男という噂だけしか、きけません」

と、吉田は、いった。

4

東京でも、十津川が、この新しい事件に、注目していた。

東京のホテルで起きた殺人事件は、今、壁にぶつかっている。

殺された高梨ゆう子については、すでに、多くの資料が、集まっていた。だが、容疑者は、浮かんでこない。

同時期に、白浜で、殺人事件が起き、それとの関連が、注目されているのだが、関連があるらしいという段階で、止まってしまっているのだ。

背後の黒板には、十津川の書いた文字が、並んでいる。

高梨ゆう子

シーサイドビュー

上田貢一郎

竹下可奈子

有村晴子
シーサイドホテル

「何か、繋がっているような気がするんだがね」

十津川は、亀井に、話しかけた。

亀井は、インスタントコーヒーを、十津川にもすすめてから、

「同感ですね。まったく、無関係のはずがありません」

「『シーサイドビュー』という閉館されたホテルで、繋がっているか。有村晴子も、前は、そこで働いていたようだからね」

「ただ、竹下可奈子と、有村晴子の間には、一千万円という大金が、介在していますが」

「一千万円か。確かに、大金だな」

と、十津川は、呟き、コーヒーを口に運んだが、

「しかし、そんな大金を、よく貸したな。竹下可奈子というのは、いったい、何者なんだ?」

「よっぽど、有村晴子と、親しかったんだと思いますが――」

「そりゃあ、そうだろうが――」

「竹下可奈子が、殺された理由は、これで、よくわかりますが、上田貢一郎のほうが、まったく、殺される理由が、わかりません」

「わからないといえば、こっちの事件も同じだよ。高梨ゆう子が、殺された動機が、わからない。彼女は、閉館されたホテルの娘だ。資産家の娘じゃない。それなのに、なぜ、彼女を殺す必要があったのだろうか。そこが、わからない」

「そうですね」

「高梨ゆう子と、上田貢一郎、竹下可奈子の三人は知り合いだったのだろうか？」

十津川は、自問するように、いった。

「警部は、どう思われますか？」

「私自身は、あったと思うがね」

「もし、関係があるとすると、どういうことになるんでしょうか？」

と、亀井がきき、ほかの刑事たちも、いっせいに、十津川を、注目した。

「携帯電話だよ。それで、連絡をとっていたと思うんだが、殺されたあと、携帯は、見つかっていない。それで、私は、こんなふうに、推理してみたんだ。まず、上田貢一郎が、白浜に出かけた。ただ、遊びにいったとは、思えない。それなら、殺されたりはしないだろうからね。何かを、調べにいったのだと、私は思っている。それは、たぶん、閉館された『シーサイドビュー』に関係したことだろう。上田は、それで白浜にいったが、誰かが、東京の高梨ゆう子に、連絡を、取っていたんじゃないかな。しかし、失敗し、殺された。二人ともだ。それで、二番目の使者として、竹下可奈子が、白浜に出かけたんじゃないだろうか？」

「一千万円を返してもらいにですか？」

「それが、疑問なんだよ」

と、十津川は、いった。

「一千万円の話は、嘘だと思われますか？」

亀井が、きいた。

「嘘だと、断定するのは、危険だと思うが、上田貢一郎、竹下可奈子の二人が、知り合いで、第一弾、第二弾という形で、白浜へいったのだとすると、一千万円を取り戻すためだけだったとは、とても、思えないんだよ。一千万円は、確かに、大金だが、三人もの人間が、死ぬ。それも、殺されるほどのこととは、考えられないからだ。しかも、東京と、白浜の二カ所でね」

「しかし、仲居は、竹下可奈子から、一千万円を、有村晴子に貸していると、きいているそうですが」

と、亀井が、いう。

「それで、迷っているんだ。一千万円の借金は、あったのかもしれないが、それだけではないのではないか。三人もの人間が、殺された理由はね」

「ほかに、どんなことが、動機として、考えられますか？」

西本刑事が、きいた。

「それがわかれば、今回の事件は、解決するだろうと思っているんだがね。たぶん、白浜の『シーサイドビュー』に、関係があるだろうとは、想像しているんだが」

「上田貢一郎と、竹下可奈子が『シーサイドビュー』を、懐かしがっていたからですか？」

「それに、高梨ゆう子は、そのホテルの娘だ」

「しかし、上田も、竹下も、閉館された『シーサイドビュー』の元従業員というのではないようですし、なぜか、偽名か、偽の住所で、ホテルに、泊まっています。これは、どういうことなんでしょうか？」

「仲居には、前に『シーサイドビュー』に泊まったことがあって、それが、素晴らしかったから、懐かしくて、見にきたといっている」

「そうです」

「それも、たびたび、きたとは、いっていない。一度か二度だ」

「ええ」

「それで、わざわざ、潰れたホテルを、見にくるだろうか？　それも、一週間の間に、二人も」

「偽名や、偽の住所を使うのも、おかしいです。ただ、潰れたホテルを、懐かしがって、見にきたのなら」

と、亀井は、いった。

「じゃあ、カメさんは、どういう連中だと、思っているんだ？」

「東京で殺された高梨ゆう子と、何らかの関係がある人間と、警部は、思われるんでしょう？」

「証拠はない。勘だよ」

「しかし、高梨ゆう子の周辺をいくら調べても、上田貢一郎と思われる人間は、出てきていませんが」

と、亀井は、いった。

和歌山県警の協力で、高梨ゆう子については、かなりの情報が、集まっていた。

高梨ゆう子　　三十五歳（二十八歳から若女将）
高梨太郎（父）　六十五歳　行方不明
高梨文子（母）　六十歳　行方不明
高梨明（兄）　二十歳で、死亡

ホテル、シーサイドビュー（半年前、突然、倒産、負債総額二百億円）
高梨太郎夫妻の知り合いや、ゆう子の友人、知人の写真も集めてあるが、そのなかに、上田貢一郎と思われる男も、竹下可奈子と思われる女も、見つかっていない。

和歌山県警の報告では、高梨太郎は、債権者から逃げており、心中したという噂もあるとあった。
このあとも、和歌山県警から、高梨ゆう子についての報告は、きていた。

一番最近の報告には、こうあった。


〈高梨ゆう子について、その後、わかったことを、おしらせします。

高梨ゆう子は、最初、家業を継ぐ気はなく、その頃、地元の海産物店の長男で、経営コンサルタント会社で働く、森田浩《もりたひろし》と、結婚するものと思われていました。当時、ゆう子二十七歳。森田は三十歳でしたが、その後、ゆう子は、両親の願いをきき入れて若女将になりました。そのため、ひとり息子の森田とは結婚できなくなり、二人の仲は、急速に、冷えていきました。

現在、森田は、三十八歳で、結婚していますが、ゆう子には、未練があったようです。高梨ゆう子が東京で殺された四月十四日は、森田は、友人二人と、午後十一時まで、白浜のクラブNで飲んでおりアリバイは、成立しています。

二十八歳で、若女将になってからのゆう子については、美人で、愛想もよいため、彼女に近づく男性は多かったのですが、ひとり娘ということで婿取りを、両親が願ったため、結婚までいったケースは、ありませんでした。

『シーサイドビュー』に泊まった客のなかにも、ゆう子が気に入って、自分の嫁にと願ったケースもありましたが、いずれも、婿ということで、消えています。倒産した『シーサイドビュー』の従業員の多くは白浜温泉のほかのホテルに、移っていますが、ほかの仕事についた者もいます。そのなかに、上田貢一郎、竹下可奈子と思われる人間がいないことは、前に、ご報告したとおりです〉

正直にいって、壁が厚くなった感じを、十津川は、受けた。

殺された高梨ゆう子は、ホテルの部屋に、犯人を招じ入れたと思われるふしがある。

となれば、犯人は、顔見知りという線が強いのだ。

だが、それらしい人物は、浮かんでこないのである。

動機は、一般に、愛憎か、金銭かのいずれだろう。

殺された高梨ゆう子は、女盛りで、美人だったから、彼女のことを好きになった男は、何人かいたに違いない。そのことは、県警からの報告にも書かれていた。

もっとも、容疑の濃い男は、森田という男だが、完全なアリバイが、あるということである。ひょっとすると、ストーカー的な男がいたのかもしれないが、そんな男は、ゆう子が、ホテルの部屋に入れたりはしないだろう。

残るのは、金銭的な動機ということになってくるのだが、このほうは、可能性が、低いと、最初から、十津川は、考えていた。

何しろ、二百億円の負債を背負って倒産したホテルのひとり娘である。金銭的理由で、そんな娘を殺す人間がいるとは、考えにくいのだ。

したがって、和歌山県警からの新しい報告は、十津川に、困惑しか、もたらさなかった。高梨ゆう子殺しの容疑者は、いないと、いっているようなものだったからである。

「参ったね」

十津川は、亀井に向かって、呟かざるを得なかった。

そんな時、一通の手紙が、捜査本部に舞いこんだ。

差出人の名前はなかった。が、それは、別に何とも思わなかった。警察に届く手紙の多くが、差出人不明だったからである。

ワープロで書かれていることも、共通していた。自分のことをしられるのを嫌う差出人が多かったからである。

〈四月十四日に、都内のホテルで殺された高梨ゆう子のことで、おしらせしたいことがあります。

彼女は、白浜のホテル『シーサイドビュー』のひとり娘で、美人の若女将と評判でしたが、それは彼女の姿の一面でしかありません。去年の十月に、ホテルが倒産してから、彼女は、生活のために、東京のクラブで、働いていたからです。

店の名前は『カサブランカ』で、赤坂《あかさか》にあり、店での名前は、アケミです。美人で、愛想がよく、たちまち、店では、五本の指に入る人気ホステスになっています。客のなかには、彼女に惚れる男もいて、客同士の間で、刃傷沙汰《にんじょうざた》も起きていたときいています。

そのなかには、暴力団S組の人間もいて、彼女の死には、この男が、関係しているのではないかと思います。その点、詳しく、調べていただけませんか。たぶん、警察には、彼女が、悲劇の女性ということしか、情報が入っていないのではないかと思いますが、ホテルが倒産したあと、水商売に入ってからの彼女の行動は、まったく違ったものになっていることを、考慮したほうが、事件解決の早道だと思います。

私は、捜査ということには、まったくの素人《しろうと》ですが、一刻も早い事件解決を念じて、この手紙を、書きました〉

「どういう人間が、書いたのかね？」

十津川は、まず、そのことを考えた。

「明らかに、殺された高梨ゆう子に、悪感情を持っていますね」

と、亀井は、いった。

「確かに、それを感じるな。だから、割引いて、考えなければいけないんだが、ここに書かれた事実があるのかどうか、それは、調べてみる必要があるね」

「このクラブへいってみましょう」

と、亀井は、いった。

夜になって、十津川と二人、赤坂に、足を運んでみた。

〈カサブランカ〉は、雑居ビルの五階に、実在した。豪華な造りの店で、この不景気のなかでも、繁盛しているように見えた。

フロアの中央に、ピアノが置かれ、女性が、無表情に、ショパンを弾《ひ》いていた。

十津川たちは、五十代の小柄なママに、会った。

「アケミさんなら、間違いなく、うちで、働いていましたよ」

と、ママは、落ち着いた調子で、いった。

「本名が、高梨ゆう子で、白浜のホテルのひとり娘だということは、しっていましたか？」

十津川は、きいてみた。

「うちでは、採用するとき、簡単な履歴をききますから、白浜の生まれだということは、きいていましたよ。家が、倒産したこともね。でも、詳しいことは、きいていませんね」

「四月十四日に、殺されたことは、しっていましたか？」

と、亀井が、きく。

「ええ。うちのマネージャーが、新聞を持ってきて、これ、アケミちゃんじゃないかということで、みんなが、騒ぎ出したんですよ。間違いなく、うちにいたアケミちゃんだということになりましてね」

「亡くなった時も、ここのホステスだったんですか？」

「五日前から、無断欠勤していたんです。それで、心配していたんですよ。都内のホテルに泊まっているなんて、まったくしりませんでしたね」

「いつから、ここで、働くようになったんですか？」

と、十津川は、きいた。

「去年の十一月からですよ。確か、十一月の中旬でしたね」

それなら、白浜のホテルが倒産してから、一カ月後である。

「その時の住所は、どこになっていました？」

と、きくと、ママは、マネージャーに、ホステスの住所と、電話番号を書いたものを、持ってこさせた。

新宿区左門町《さもんちょう》　スカイコーポあけぼの３０６号

それが、彼女の住所だった。

「無断欠勤のとき、マネージャーが、このマンションにいってくれたんですけど、留守で、鍵がかかっていたんですよ」

と、ママは、いう。

「彼女は、ここでは、人気があったそうですね？」

と、十津川は、きいた。

「ええ。綺麗だし、素人っぽいところが、お客さんに、受けたようで、人気者でしたよ。私も、好きでしたわ」

「S組の人間も、彼女と、親しかったときいているんですが、本当ですか？」

十津川が、きくと、ママは、眉をひそめて、

「柴田《しばた》さんでしょう？　ええ。柴田さんも、アケミちゃんが、気に入ってましたけど、変な関係は、ありませんでしたよ。誰が、そんなことを、いってるんですか？」

「ほかにも、彼女を気に入った客がいたようにきいていますが」

「ええ。白浜から、見えた人もいますよ」

「白浜から？」

とっさに、十津川は、森田という名前を思い出した。和歌山県警からの報告にあった男である。今でも、ゆう子には、未練を持っていると、報告には、あった。

「その人のことを、話して下さい」

「四十歳ぐらいかしら。立派な男の方ですよ」

と、ママは、いう。

「何回も、きているんですか？」

「私のしってる限りでは、四、五回かしらね。青年実業家って、感じの人ね」

「彼女のほうは、どうだったんですか？　彼が、くることを、喜んでいるようでしたか？」

と、亀井が、きいた。

「そうねえ。わざわざ、白浜からきてくれるんだから、冷たくは、していませんでしたけどねえ。本当は、昔のことを思い出して、辛《つら》かったんじゃないかしら。彼がきているとき、彼の見えないところで、暗い顔をしているのを見た娘《こ》もいるんですよ」

「彼は、何をしに、四、五回も、きていたんですかね？　ただ、懐かしかったんだろうか？　こちらの調べでは、二人は、結婚を約束していたことがあるんです」

「そうなんですか？　それは、しりませんでしたねえ。それなら、未練かしらねえ」

と、ママは、小さな溜息をついた。

「それらしい、素振りは、見えましたか？」

十津川が、きいた。

「電話で、彼女を呼び出して、食事をしたこともあるようですから、その時に、白浜へ帰ってきたらぐらいのことは、いったんじゃないかしら。彼女が無断欠勤したとき、ひょっとして、白浜に帰ってしまったんじゃないかって思ったのは、そのせいなんですけどね」

「彼女自身が、白浜に帰りたいと、口にしたことが、あるんですか？」

「私自身は、きいていませんけどねえ」

と、ママは、いう。

二人は、同僚のホステス何人かからも、アケミのことをきいてみた。

「いい人だったわ。育ちがいいらしく、おおらかで」

と、褒めるホステスも、いれば、

「何だか、お高くとまっていたわね。どこかで、自分は、いい家の生まれだったんだって、気があったんじゃないかしら。以前は、大きなホテルのひとり娘だったみたいだから」

と、いう同僚もいた。

十津川は、森田についても、きいてみた。

「ええ。覚えていますよ。白浜の青年実業家でしょう？　ハンサムだし、お金にも綺麗だから、もてましたよ。もっと、何回も、きてほしかったお客さんですよ」

と、ホステスのひとりは、いった。

「アケミさんに、まだ、未練があるように、見えましたか？」

「ええ。そう思うわ。白浜に帰ってきてくれみたいなことを、いってたから」

「それに対して、アケミさんは、どう答えていたんですかね？」

「曖昧に、笑ってた」

と、ホステスは、いった。

二人は、新宿左門町のマンションに、回ってみることにした。

ゆう子は、ホテルに泊まるとき、この住所を、書いていないのだ。

四谷怪談《よつやかいだん》のお岩《いわ》の墓で有名なあたりにある、五階建ての小さなマンションだった。

その306号室を、管理人に開けてもらった。

1Kの狭い部屋である。洋ダンス、三面鏡、ベッド、テレビなどで、部屋は、いっぱいだった。

「誰か、訪ねてきた人がいますか？」

と、十津川は、管理人に、きいた。

「ええ。何人も見えましたよ」

「それは、彼女が、死んでからですか？」

「ほとんどが、亡くなってからでしたよ。そんなに、知り合いがいたのかと、びっくりしましたね」

と、管理人は、いった。

「どんな人がきたか、できるだけ、詳しく、話して下さい」

「名刺を下さった男の方がひとり、あとは、どこの誰だかわかりません。とにかく、知り合いなので、部屋を見せてくれということで、全部で、五人でしたね。男の人が四人、女性は、ひとりです」

「その名刺をくれたのは？」

「この人です」

と、管理人は、名刺を見せてくれた。

〈経営コンサルタント　森田　浩〉

住所も、白浜になっていた。

「五人の人たちですが、この部屋で、何をしていったかわかりませんか？」

十津川が、きくと、管理人は、困惑した顔になって、

「さあ。じっと、見張っているわけにもいきませんから」

「名前は、いわなかったんですか？」

「ええ。皆さん。知り合いというだけで――」

中年の男や、女が、多かったという。

ひとりいたという女は、四十歳くらいに見えたといった。身長は、百六十センチくらいで、痩せていたと、いう。それは、竹下可奈子という女にも似ているようにも、有村晴子に似ているようにも思えた。

「五人もの人間が、この部屋に入ったとすると、捜査に役立ちそうなものは、みんな、持ち去られたかもしれませんね」

と、亀井は、十津川に、いった。

彼が、心配したとおり、部屋のなかに、手紙や写真の類は、まったく、見つか

らなかった。

「やっぱり、ないね」

と、十津川も、憮然とした顔になった。

もともと、高梨ゆう子本人が、そうしたものを、部屋に置いていなかったのかもしれないし、亀井のいうように、ここに入った男女が、持ち去ってしまったのかもしれない。

とにかく、捜査の手がかりは、何もないのである。

十津川は、行方のわからない、ゆう子の両親が、今、どこにいるか、それもしりたかったのだが、それの手がかりも、部屋にはなかった。

それでも、十津川と、亀井は、狭い部屋のなかを、念入りに、調べて回った。

調度品は、すべて安物だった。

洋ダンスの衣服も、靴も、数が少ない。たぶん、ゆう子は、ここに、長く住む気は、なかったのだろう。

「だが、五人もの人間は、なぜ、この住所をしっていたのかな？　われわれも、しらなかったのに」

十津川は、首をかしげた。

「殺害の主は、しっていたと思いますよ。ゆう子が、赤坂のクラブで働いていたことをしっていた人間は、全員、しっていたと思いますね」

「だが、どうして、ゆう子は、都内のホテルに、泊まっていたんだろう？」

第三章　青岸渡寺《せいがんとじ》

1

五月八日

捜査本部の十津川は、一通の手紙を受け取った。

十津川個人宛てではなくて、捜査本部宛てだったが、最初に、十津川が、開封した。

差出人の名前はない。

一枚の便箋に、ワープロで、次のように、書かれていた。

〈きたる五月十一日、早朝。

いたします。

熊野那智大社《くまのなちたいしや》横の青岸渡寺において、殺された高梨ゆう子の真の葬儀をおこないます。

ぜひとも、捜査官の臨席を希望します。

シーサイドビューを愛する者たち〉

十津川は、手紙を亀井に回してから、考えこんだ。

捜査は、あれから、いっこうに、進展していない。

東京のホテルで殺された高梨ゆう子について、十津川たちは、南紀白浜までいき、和歌山県警に協力を求めて、事件の解明を急いだが、いまだに容疑者が、浮かんできていない。

南紀白浜で起きた二つの殺人事件のほうも、まだ、解決せず、姿を消した有村晴子の行方もわかっていない。

「どういう意味だと思うね？」

と、十津川は、亀井に、手紙の感想を、きいた。

「高梨ゆう子については、前にも、手紙がきましたね。これで、二通目です」

「死者なのに、人気があるんだよ」

「前の手紙は、悪意が、感じられましたが、今回のは、ニュアンスが、違います」

と、亀井は、いった。

「彼女の葬儀は、どうなってたかな？」

「両親は、行方不明ですし、兄は、早死にしています。それで、彼女の大学の同窓生三人が、ひっそりと、葬式をあげています」

「ああ、そうだったね。私はいかなかったが、カメさんは、いったんだ」

「三人だけの寂しい葬式でしたよ」

「彼女の葬儀をやる、それも『真の葬儀』というのは、どういう意味だろう？」

「真の――というところに、手紙の主は、意味をこめているんですかね？」

「青岸渡寺というのを、調べてくれ」

と、十津川は、いった。

亀井が、紀伊半島の地図を持ってきた。

紀伊勝浦《きいかつうら》駅から、北へのぼると、有名な那智の滝がある。

その近くにあるのが、青岸渡寺と、熊野那智大社である。

青岸渡寺については、簡単な説明には、こうあった。

〈西国三十三カ所霊場、第一番の札所。本堂は、柿葺《こけらぶ》きの単層入母屋造りで、木肌を剝き出しにした質素な造りで、境内の一部が見晴らし台になっていて、ここから見る三重塔と、那智の滝の風景は、幻想的なほどの美しさだ。三重塔の上からは、那智の滝の全容を眺めることができる〉

「『シーサイドビュー』を愛する者というのは、どういうことですかね？」

「二百億円の負債で、倒産したあのホテルを、愛している人は、たくさんいるんじゃないのかね」

「白浜で、殺された二人も、そのようでしたね」

「彼等にとって、美しい若女将だった高梨ゆう子は『シーサイドビュー』のシンボルみたいなものだったんじゃないのかね。そのひとりが、五月十一日に、高梨ゆう子の葬儀をやりたいというのかもしれないな」

と、十津川は、いった。

「しかし、なぜ、紀伊勝浦の青岸渡寺なんですかね？」

「わからないが、いってみようじゃないか。手紙の主も、警察官に、きてもらいたいと、いってるんだ」

と、十津川は、いった。

「三日後ですね」

亀井も、カレンダーに、目をやった。

2

五月十日。二人は、東海道新幹線に乗った。

名古屋《なごや》で降り、紀勢《きせい》本線に乗り換えて、紀伊勝浦に向かう。

紀伊勝浦で、降りた。

ここは、マグロで有名な街である。二人は、まず、近くのホテルに、チェックインした。とにかく、五月十一日までは、この紀伊勝浦に、滞在する必要が、あったからである。

部屋をとったあと、十津川と、亀井は、バスで、青岸渡寺に向かった。

約三十分で、お寺前停留所に着く。

午後の陽差しが、厳しかった。

お遍路《へんろ》姿の中年の男女のグループが、いる。十津川と、亀井は、彼等と、一緒に、急な石段を登っていった。

中年のお遍路グループは、みんな元気だった。

それぞれ、杖を手に、どんどん、石段を登っていく。

「少し、運動をする必要がありますね」

と、急な石段と、格闘しながら、亀井が、いった。

石段を登り切ったところが、平らな台地になっていて、青岸渡寺があった。

同じ台地の奥に、熊野那智大社が、ある。

長生きの水という水呑場があり、石段を登ることで、汗をかいた二人は、柄《ひ》杓《しゃく》で、二杯、三杯と、その水を飲んだ。

見晴台からは、落差百三十三メートルという那智の滝が、正面に見える。お参りをすませたお遍路たちは、その滝をバックにして、写真を撮っていた。

十津川は、青岸渡寺を、見あげた。

西国三十三カ所の第一番札所というだけあって、古い木造建築の寺である。

十津川は、寺務所へいき、

「五月十一日に、ここで、高梨ゆう子という女性の葬儀があると、きいたんですが、本当ですか？」

と、きいてみた。

相手は、首をかしげて、

「そんな話は、きいておりませんが」

と、いう。

「高梨ゆう子という名前は、どうですか？　南紀白浜にあった『シーサイドビュー』というホテルの若女将をしていた女性なんですが」

十津川が、きき直すと、相手はうなずいて、

「あのホテルの高梨様なら、よくしっています。毎年、たくさんの寄進をいただきましたから。あのホテルが、閉館になったときいた時は、心を痛めました」

（それで、手紙の主は、この青岸渡寺を、高梨ゆう子の葬儀の場所に選んだのか）

と、十津川は、納得はしたが、葬儀の話は、きいていないというのは、どういうことなのだろうか？

「手紙の主は、勝手に、ここで、葬儀をやるつもりじゃありませんか」

と、亀井が、いった。

「勝手に？」

「そうですよ。寺の前の広場でです」

「そんなことが、許されるのかね」

「第一、場所は、青岸渡寺と書いてありましたが、時間のほうは『早朝』という、曖昧な、書き方です。普通なら、何時からと、時間を書くでしょう」

「それは、そうだが――」

「早朝なんて、何時のことか、わかりません。だから、勝手にやるつもりですよ。きっと」

「いや。まったく、違うことを、相手は、考えているのかもしれないぞ」

十津川は、急に、表情を変えて、いった。

「どういうことですか？」

「あの手紙にあった『真の葬儀』という言葉の意味だよ」

「ただの葬儀ではないと――？」

「ああ、そうだ」

「では、どういう意味です？」

「それが、わからん」

十津川は、いらだちを見せて、いった。

「高梨ゆう子は、殺されたんです」

「そうだ」

「その敵討ちをするというんじゃありませんか？　そうすることが、本当の葬儀になると、思っているんじゃありませんか？」

と、亀井が、いった。

「手紙の主は、犯人をしっているということになるのかね？」

「そうです」

「それなら、なぜ、警察に、しらせないんだ？」

十津川は、怒ったように、いってから、

「カメさんのいうことは、当たっているかもしれない。五月十一日は、暗いうちに、ここへきて、張っていよう。何が始まるのか、私も、見届けたいからね」

と、いった。

二人は、いったん、紀伊勝浦に戻ると、レンタカーを借りた。十一日は、バスがまだ走る前に、青岸渡寺にいく必要があったからである。

いよいよ、五月十一日には、午前三時に、ホテルを出て、レンタカーで、青岸渡寺に向かった。

空は、曇っていて、暗い。

お寺前に着くと、懐中電灯で、足下を照らしながら、石段を登っていった。

もちろん、人の気配は、ない。

石段を登り切ったところで、一息つき、二人はじっと、夜が、明けるのを待った。

手紙の主が、男か女かもわからない。ひとりか、複数かもである。

今日の早朝に、どんな形で、この青岸渡寺で、高梨ゆう子の葬儀をしようとしているのかも、わからなかった。

亀井は、ここで、高梨ゆう子の敵討ちをするのではないかと、いう。

何だか、殿の御前での敵討ちといった感じだが、手紙の主は、果たして、そんなことを考えているのだろうか？

十津川は、煙草を吸いたくなるのを、じっと我慢して、夜の闇のなかで、耳をすませていた。

少しずつ、東のほうが、白らんでくる。

それが、この青岸渡寺のほうへ、広がってくる。

「警部！」

と、ふいに、亀井が、叫んだ。

「寺の前に、人が！」

十津川も、同時に、発見して、二人は、駆け出した。

寺の前に、男が、ひとり、俯せに倒れている。

その背中に、ナイフが、突き刺っていた。

血が、背広に、にじみ出て、それが、すでに、乾いて、固まっていた。

「やられた！」

十津川が、舌打ちする。

「もう、相当、時間が、たっていますよ」

「昨夜のうちに、殺して、ここに、放置したんだ」

と、十津川は、いった。

亀井が、死体を、引っくり返した。

中年の男の顔が、現れた。四十代前半と、いったところだろうか。

きちんと、ネクタイを締めているが、ちょっとその柄が、派手だった。

十津川が、背広のポケットを調べた。

運転免許証に、財布。財布の中身は、三十五万円。

免許証には、渡辺志郎《わたなべしろう》の名前と、東京都渋谷《しぶや》区本町《ほんちょう》、コーポ幡《はた》ヶ谷《や》301号の住所があった。年齢は四十二歳。

「東京の男か」

十津川が、呟く。

「問題は、この男が、今回の事件に関係があるかどうかということですね」

と、亀井が、いう。

「それと、手紙の主のいう『真の葬儀』と関係があるか、どうかということだな」

「もし、あるとすると、この男が、高梨ゆう子殺しの犯人ということになるんですかね?」

「わからないな」

と、十津川は、いうより仕方がない。

高梨ゆう子殺しを、捜査してきて、今までに、渡辺志郎という名前には、ぶつかっていなかったからである。

「とにかく、和歌山県警に、連絡しておこう」

十津川は、携帯電話を、取りあげた。

一時間半近くたって、県警の木村警部たちが、やってきた。

木村は、不機嫌だった。

「これは、どういうことです？」

と、いきなり、詰問調で、十津川に、きく。

「これを、受け取ったので、この青岸渡寺にきてみたら、この死体に、ぶつかったというわけです」

十津川は、正直にいって、例の手紙を、木村に見せた。

木村は、一読してから、

「十津川さんは、本当に、ここで、高梨ゆう子の葬儀があると思って、いらっしゃったんですか？」

と、きく。

「そのとおりです。もし、殺人があると思っていたら、県警に、おしらせしていました」

十津川は、少しだけ、嘘をついた。

木村は、男の免許証に目をやってから、

「渡辺志郎という、この男に、十津川さんは、何か、心当たりがおありですか？」

と、きいた。

「それが、まったく、心当たりがありません。高梨ゆう子殺しを捜査していて、初めてきく名前です」

「と、すると、この男は、まったく、今回の事件に関係がないということも、考えられますね？」

「そのとおりです」

「だが、十津川さんは、関係ありと、思っている？」

「そうです。理屈ではなく、そんな気がするのです」

と、十津川は、いった。

少しずつ、観光客が、集まり始めていた。そのなかには、白装束のお遍路さんの姿も、まじっている。

県警の刑事たちが、彼等を、押しやり、死体の周囲に、ロープを張っていった。

木村は、手紙を、十津川に返してから、

「犯人の遺留品があるかもしれないから、周囲を、捜せ！」

と、部下の刑事たちに、大声で、命令した。

十津川と、亀井は、見晴台のほうに、移動した。

「妙なことになりましたね」

亀井が、いう。

「すぐ、西本たちに、男のことを、調べさせよう」

「連絡します」

と、亀井は、自分の携帯電話を取りあげた。

「青岸渡寺か」

十津川は、呟いてみた。

高梨ゆう子の両親は、この寺に、多大な寄進をしていたという。

だから、手紙の主は、この寺を選んだに違いない。

木村が、近づいてきて、

「あの男の死体は、司法解剖に回しますが、十津川さんは、どうされますか？」

「私たちは、勝浦に戻ります。そこのKホテルに、明日まで、泊まっています」

と、十津川は、答えた。

パトカーが、引き揚げていく。それを見て、ここまで、車であがってこられるのをしった。

寺から、歩いて、五、六分のところに、駐車場があり、S字の坂道が、下まで続いているのだ。その道は、どうやら、有料になっているらしい。

十津川は、下に、車を置いてきてしまったので、亀井と二人、石段をおりていかなければならなかった。

レンタカーに、乗りこむ。

紀伊勝浦のKホテルに戻ると、西本たちから、返事がくるまでの間、二人は、温泉に入り、早朝からの疲れを癒やすことにした。

風呂からあがり、遅い朝食を、とる。

東京の西本から、電話が入ったのは、昼近くなってからだった。

「渡辺志郎という男のことですが、S組の幹部のひとりです」

と、西本は、いった。

「S組？　確か、高梨ゆう子が、ホステスとして働いていた時、S組の組員とも、つき合っていたという話があったな」

「そうです」

「それが、渡辺志郎か？」

「調べましたが、違います。高梨ゆう子が、親しくしていたのは、S組の柴田という男です」

「その男は、今、どうしているんだ？」

「今でも、S組にいるはずですが」

「ほかに、渡辺志郎について、わかったことはないか？」

と、十津川は、きいた。

「大学出のインテリです」

「インテリヤクザか」

「これからのヤクザは、力より頭を使えというのが、彼の口ぐせだったようです。もちろん、ただ、頭だけを使うというわけではなく、傷害の前科もあります」

「高梨ゆう子との関係は？」

「それは、まだ、何もわかりません」

と、西本は、いった。

「引き続いて、渡辺志郎のことを、調べておいてくれ」

と、十津川は、いった。

夕食の時間になって、今度は、県警の木村警部から電話が、入った。

「司法解剖の結果が出たので、おしらせします。死因は、ナイフで刺されたことによるショック死です。ナイフは、心臓にまで、達していました。ナイフの柄には、指紋は、ついておりません」

「死亡推定時刻は、いつですか？」

と、十津川は、きいた。

「五月十日の午後十時から、十一時の間です」

「やはり、昨夜のうちに、殺されていたんですか」

「それから、青岸渡寺の下の駐車場で、渡辺志郎が、乗ってきたと思われる車が、見つかりました。品川《しながわ》ナンバーのベンツです」

「とすると、彼は、あの急な石段を、登っていったことになりますね」

十津川が、いうと、木村は、

「あるいは、犯人の車に乗って、青岸渡寺まで、あがったのかです」

「なるほど」

「渡辺志郎ですが――」

「S組の幹部です」

「われわれも、それは、調べました。ただ、今回の事件との関係が、わかりませんね」

「私も、それをしりたいと、思っているところです」

と、十津川は、いった。

「ベンツのなかから、見つかったものは、東名高速の領収書と紀伊半島の地図、ロードマップです。それから、青岸渡寺の写真が、二枚です。たぶん、青岸渡寺にきたのは、初めてだったと思われます」

と、木村は、いった。

「彼を、目撃した人間は、いるんですか？」

と、十津川は、きいた。

「今のところ、まだ、見つかっていません」

「ナイフで、確か、何カ所も、刺していなかったような気がするのですが」

「そうです。司法解剖の結果でも、背中の一カ所を、深く刺しているとなっています」

「心臓に達している？」

「そうです」

「とすると、犯人は、力の強い、たぶん、男ということになりますが？」

「女性でも、強い人がいますから」

と、木村は、いった。

なるほど、最近は女性でも、腕力の強いのがいると、十津川は、苦笑した。

電話が、切れると、十津川は、立ちあがって、窓から、海に目をやった。

勝浦港と、島が見える。

だが、十津川の目は、それを、見ているようで、見ていなかった。

彼が、見ようとしていたのは、犯人像だった。

高梨ゆう子を殺した犯人像であり、渡辺志郎というヤクザを殺した犯人像である。

それが、なかなか、はっきりした形を、見せてくれないのだ。

亀井が、頭をはっきりさせたいといって、仲居に、コーヒーを運んでもらった。

椅子に腰をおろして、そのコーヒーを飲む。

「南紀の海は、東京近辺の海とは、色が、違いますねえ」

亀井は、わざと、呑気なことを、口にする。

「東北の海は、どうなの？」

十津川も、わざと、呑気に、きく。

「もっと、暗くて、荒々しいですよ。この明るさは、ありません」

「渡辺志郎という男のことだがねえ」

「S組の幹部でしょう」

「何のために、青岸渡寺になんか、やってきたのかねえ？」

「まさか、彼も、手紙の主に、葬儀に呼ばれたわけじゃないと、思いますが」

亀井が、笑った。が、十津川は、笑わずに、

「ひょっとすると、カメさんのいうことが、当たっているかもしれないよ」

「手紙の主に、呼ばれたということですか？」

「そうだ。犯人は、渡辺志郎が、高梨ゆう子を殺した犯人と考えて、青岸渡寺に呼び出し、背中から、刺したんじゃないかね？」

「しかし、警部。捜査の途中で、渡辺志郎の名前は、一度も、出てきていませんよ」

と、亀井は、いった。

「それは、そうなんだが――」

「それに、渡辺は、S組の幹部でしょう。そんな男が、匿名の手紙に呼び出されて、のこのこ、東京から、青岸渡寺まで、やってくるものでしょうか？」

「だが、彼は、ベンツに乗って、青岸渡寺までやってきたんだよ。それだけは、間違いないんだ」

と、十津川は、いった。

「そうなんですよ。それで、わからなくなってしまうんです」

「渡辺志郎が、高梨ゆう子を、殺したとする。それを目撃した人間が、手紙なり、電話なりで脅して、青岸渡寺に、呼びつけたとしたら、どうだろう？　それなら、やってくるんじゃないかね？」

と、十津川が、いった。

「それでも、おかしいと思います」

「どこがだ？」

「高梨ゆう子は、ホテルの部屋のなかで、殺されています。それに、目撃者がいたというのは、ちょっと、考えられませんが」

「渡辺が、彼女の部屋に入るところか、出てくるのを目撃されたという可能性は、考えられるだろう？」

「警部」

「何んだ？」

「あのホテルの聞き込みは、徹底的にやりましたよ。目撃者を見つけようとして。しかし、目撃者は、とうとう、見つからなかったんです」

亀井は、頑固に、いった。

十津川は、黙ってしまい、煙草に、火をつけた。

別に、亀井に、腹を立てたわけではなかった。

亀井のいうとおりだとも、思ったのだ。しかし、渡辺志郎というヤクザが、青岸渡寺で殺されていた事実は、事実なのだ。

それを、どう解釈したらいいのか？

「手紙の主は、五月十一日の早朝に、青岸渡寺で、高梨ゆう子の真の葬儀を、おこないますと、捜査本部に、手紙を送ってきた。しかし、渡辺志郎が、殺されたのは、前日の五月十日の夜だった」

「そうです」

十津川が、いった。

「手紙の主は、最初から、われわれを、騙したのかな？」

「かもしれません」

「そうだとしたら、なぜ、われわれを、騙したんだろう？」

「最初から、渡辺志郎の死体を、われわれに、見せるのが、目的だったんじゃありませんか？　そうだとしたら、われわれに、渡辺を殺すのを邪魔されたくない。だから、前日に殺しておいて、十一日の朝、われわれが、発見するように、したんじゃありませんかね」

と、亀井が、いった。

「しかし、それが『高梨ゆう子の真の葬儀』になるのかねえ？」

十津川は、険しい目になっていた。警察を馬鹿にするなという顔になっている。

「あの手紙の主ですが、高梨ゆう子の味方だと、警部は、思われますか？」

亀井が、十津川に、きき返した。

「手紙の調子から見て、高梨ゆう子の味方か、あるいは、彼女に、同情している人間だと、私は、思っているがね」

と、十津川は、答えた。

それは、間違いないと、十津川は、思っている。

3

前に受け取った、匿名の手紙は、高梨ゆう子の過去を、あばき立てていた。

彼女が、ホステスをしていたことがあり、男出入りが多かったと、書き、暗に、信用のできない女だと、警察に、訴えていたのだ。

同じワープロの、同じ匿名の手紙でも、読んだ時の感触が、違っていた。

今回の投書には、殺された高梨ゆう子に対する鎮魂のひびきがあった。十津川は、それを感じたのだ。

だから、内容に、不審感を抱きながら、亀井と二人で、南紀に、やってきた。

ところが、青岸渡寺で、十津川が見たのは、寺の前に転がっている男の死体だったのだ。

S組の幹部の、背中を刺された死体である。

これが、果たして、殺された高梨ゆう子に対する鎮魂なのだろうか？

十津川が、ひそかに、期待していたのは、そのメッセージだった。

それが見つかれば、事件解決のヒントになるのではないかと、考えていたのである。

十津川は、もう一度、今回の事件について、考え直してみた。

すでに、南紀と、東京で、渡辺志郎を含めて、四人の男女が、殺されている。

南紀白浜で、殺された上田貢一郎と、竹下可奈子は、倒産した〈シーサイドビュー〉を、懐かしんでいたと思われる。

二人は〈シーサイドビュー〉が、懐かしくて、また、南紀白浜へやってきたと、仲居の君子に、話している。

したがって、彼等は、殺された高梨ゆう子の味方と考えていいだろう。

その反対側に、高梨ゆう子を殺した犯人がいると、十津川は、考える。

竹下可奈子を殺して、逃げたと思われる有村晴子は、どちら側に属するのだろうか？

今回の投書の主は、自らを〈シーサイドビューを愛する者たち〉と、書いている。

この言葉を、そのまま、受け取れば、上田貢一郎や竹下可奈子と、同じ立場に立つ人間と、見ていいだろう。

「どうも、何人かのグループが、いると見ていいようですね」

と、亀井が、いった。

「別に珍しいことじゃないと思うね。あるホテルとか、料理店の愛好者の集《つど》いがあっても、不思議はない。よくあることだ。そんな店なりホテルを、みんなで守っていこうというグループがあってもいい。問題は、彼等が、殺人事件に、関係しているということなんだよ」

十津川は、憮然とした顔で、いった。

彼の前に置かれたコーヒーは、いつの間にか、さめてしまっている。口にする煙草も、もう五本目である。

「ただ『シーサイドビュー』が好きで、懐かしむ人間たちだとしたら、殺人が、絡んでくるとは、ちょっと、考えにくいですが」

と、亀井は、いう。そのとおりだった。過去を懐かしむ人間が、なぜ、殺されるのか。

「上田貢一郎と、竹下可奈子は、有村晴子に貸した一千万円を取り立てにきて、晴子に殺されたと考えられている。県警は、そう考えているが、カメさんは、どう思うね？」

十津川が、自問する調子で、きいた。

「有村晴子の置手紙からの推理でしょう。私も、そう思っていました。一千万円という金額なら充分に、殺人の動機になりますから」

「今は、違うのか?」

「個人的に、一千万円を貸し、それを、上田貢一郎と、竹下可奈子が、相ついで取り立てにきたのだとすると、東京のホテルで高梨ゆう子が殺されたことと、直接関係が、なくなってしまいます」

と、亀井は、いった。

「カメさんは、東京の殺しと、白浜の殺しが関係があると、思っているんだろう?」

「警部も、そう思われているんでしょう?」

「そのとおりだよ。今度の投書で、あるいは、その推理が、証明されるのではないかという期待を、持っていたんだ。上田貢一郎、竹下可奈子と同じ『シーサイドビュー』を愛している人間と名乗り、青岸渡寺で、高梨ゆう子の真の葬儀をやると、書いてきているからね」

と、十津川は、いった。

「それが、死体が、転っているだけでは、意味が、わかりませんね」

「しかも、S組の幹部の死体だ」

「それに、投書の主は、われわれに、日付を、誤魔化していました。渡辺が殺されたのは、五月十一日でなく、前日の十日ですから」

「どうも、今回の事件では、妙なことが、多すぎる」

と、十津川は、いった。

「そうです」

「上田貢一郎、竹下可奈子の二人に対する有村晴子の、一千万円の借金という話も、信じられなくなってくるんだよ。カメさんも、同感じゃないのか？」

「そうです。ただ、この話が、嘘だとすると、なぜ二人が殺され、犯人と目される有村晴子が、失踪したのか、その理由が、わからなくなります」

と、亀井が、いった。

「有村晴子は、有能で、以前は、倒産した『シーサイドビュー』の経理を、担当していたこともあるといわれている。だが、それでも、一千万円もの大金を貸すだろうか？」

「貸したのは、二人ではなく、高梨ゆう子だったんじゃありませんか？」

亀井が、新しい考えを口にした。

「それで、上田貢一郎と、死んだ彼女に代わって、竹下可奈子が、取りにきたということか？」

「そう考えれば、二人が殺されたことと、高梨ゆう子の死とが、結びついてきます」

「なるほどね」

「ホテルが、倒産し、高梨ゆう子は、金に困ってホステスまでしていました。それで、有村晴子に、昔、貸した一千万円を、返してくれるように、いったのではないかと、思います。返さなければ、告訴すると、いったのかもしれません。困った晴子は、東京にやってきて、一千万円を持ってきたと、騙して、ホテルの部屋に入り、高梨ゆう子を殺したのではないでしょうか」

「一応、説明はつくね」

「一方、上田貢一郎は、ゆう子から、有村晴子のことをきいていたので、南紀白浜へいき、晴子を、問いつめたんじゃありませんか。追いつめられた晴子は、上田を、事故死に見せかけて、ホテルから、転落死させたのではないでしょうか」

「ところが、今度は、同じ『シーサイドビュー』のファンの竹下可奈子が、やってきて、また、晴子を問いつめた。それで、晴子は、彼女まで殺し、姿を消した——か?」

「そう考えてみたんですが」

「それで、昨夜の渡辺志郎殺しとは、どう結びついてくるんだろう?」

相変わらず、十津川は、自問する調子だった。彼自身も、答えを見つけたいと、思っていたからである。

「私は、こう考えてみました」

と、亀井は、いい、

「有村晴子ひとりで、一千万円もの大金を、手にすることは、簡単ではなかったと思います。彼女の背後《うしろ》に、男がいたのではないか。それが、渡辺志郎だったのではないかと、考えました」

「女の陰に男ありか?」

「そうです。渡辺は、大学出のインテリヤクザです。彼が、晴子に、知恵をつけ、一千万円を、借りさせた。そのへんの事情をしっている人間が、渡辺を、青岸渡寺に、呼び出して、殺したのではないか。そう考えてみたんですが」

と、亀井は、いった。

「犯人は、なぜ、前もって、われわれのところに、あんな投書を、よこしたのかな？」

「それは、自分のやることを、正義だと思っているからじゃありませんか。それに、警察に、ちゃんと捜査してくれと、ハッパをかけているつもりなのかも、しれません」

「なるほどね」

と、十津川は、うなずいた。が、納得した顔では、なかった。

「不思議だ」

と、十津川が、ぽつりと、いった。

「何がです？」

「有村晴子が、ひとりで、借りたとすると、一千万円は大金に思えるんだが、S組の幹部が、絡んでくるとなると、一千万円が、大金とは、思えなくなってくるんだよ」

「わかります」

「もう一つ。四人もの人間が殺されてしまうと、同じように、果たして、一千万円が、殺人の動機として、ぴったりしているかも、疑問に思えてくる」

「それに『シーサイドビュー』は、二百億円の負債で、倒産しています」

「それは、きいている」

「その二百億円に比べると、一千万円は、端金《はしたがね》に思えてきます」

と、亀井は、いった。

十津川は、苦笑して、

「それに比べれば、確かに、そうだ」

4

有村晴子の行方は、依然として、わからなかった。

県警の木村は、そのことに、困惑していたのだが、そこに、また、新しい事件が、起きてしまった。

青岸渡寺の事件である。

彼は、本庁の十津川警部の行動にも、不満を、持っていた。

第一に、事前に、しらせてくれなかったことである。

第二は、投書のことだった。

十津川は、投書のことは、東京の殺人事件に関係していると思ったので、しらせなかったと、弁明した。

確かに、投書には〈高梨ゆう子の真の葬儀〉と書かれ、殺人を予告する言葉は、見つからない。

しかし、しらせてくれていれば、青岸渡寺の周辺に、厳重な警戒線を敷き、渡辺志郎を殺した犯人を、逮捕できていたはずなのだ。

本庁の十津川たちの勝手な行動が、みすみす、犯人を、逃してしまったのだ。

捜査会議で、木村は、そのことを、問題にした。

「問題の手紙は、コピーして、渡してくれましたが、何といっても、遅すぎます。犯人を逃したのは、本庁の責任だと、考えます」

と、木村は、県警本部長に、いった。

「君の気持ちはわかるが、これからも、本庁とは、合同捜査を続けていかなければならないんだ。その点は、考慮してほしい」

県警本部長の寺本は、穏やかに、いった。

「わかっています」

「ところで、失踪した有村晴子の行方は、まだ、掴めないのか？」

「残念ですが、摑めません。殺された竹下可奈子のほうも、素性がよくわからないので、困惑しています。ホテルに残した東京の住所も、でたらめでしたから」

「彼女は、仲居に、一千万円を有村晴子に貸していて、それを、返してもらうためにきたと、いっていたんだろう？」

寺本が、きく。

「そうです」

「それは、事実なのか？」

「有村晴子の置手紙にも、金のことで、竹下可奈子と揉め、返済の当てがないので、姿を消すと、書いてありましたから、間違いないと思います。ただ、置手紙には、金額は、書いてありませんでしたが」

と、木村は、いった。

「では、それが、殺人の動機か？」

「と、思っているのですが、おかしなところも、あるのです」

「どんなところだ？」

「有村晴子の置手紙です」

「どこが、おかしいのだ?」

寺本が、きいた。

「なぜ、あんな置手紙を、書いたかが、わからないのです。ただ、姿を隠すのなら、あれでも、いいのですが、彼女は、竹下可奈子を殺しているのです。殺して、逃げたわけです。あの置手紙では、自分の罪を自白しているようなものです。動機まで書いている。犯人としては、異常な行動だと思うのです」

と、木村が、答えた。

「晴子は、良心が、痛んだんじゃないか。借金の返済を迫られて、殺してしまった。その自責の念が、あの置手紙を、書かしたんじゃないのかね?」

「しかし、有村晴子という女を、調べていくと、どうも、そんな、良心が痛むような人間には、思えないのです。経理の才能を買われてはいましたが、性格を、褒める人は、ほとんどいません。それが、どうして、あんな置手紙を書いたのか、不審でならないのです」

「しかし、筆跡は、間違いなく、彼女のものなんだろう?」

「筆跡は、本人のものと、確認されています」

と、木村は、いった。

「それなら、君は、置手紙を、どう解釈しているんだ？」

寺本が、きいた。

「おかしいと思いながら、真意が摑めずに困っています」

と、木村は、いった。

「君が、怒っている青岸渡寺の件だが、少しは、進展しているのか？」

寺本が、そちらに、質問を移した。

「殺された渡辺志郎については、本庁から、資料が、送られてきています。彼は、S組の幹部で、インテリヤクザだそうです。それが、自分のベンツで、東京から、和歌山の青岸渡寺まで、わざわざ、やってきて、殺されたわけです。何のために、やってきたのか、それがわかれば犯人の目星がつくと、期待しています」

「目星は、つきそうなのか？」

「今日、本庁の十津川警部と、この件で、電話で、話し合いました。向こうは、高梨ゆう子殺害事件のことで、犯人に、呼び出されたと、考えているようです」

「それは、例の投書からの推理だろう？」

と、寺本は、いった。

「そのようです。投書の主は、青岸渡寺で、高梨ゆう子の真の葬儀をやると書いていて、その寺で、渡辺志郎の他殺体が、発見されたわけですから、誰でも、関連づけて、考えるとは、思いますが」

「君は、反対なのか？」

「そうです」

「理由を、いってみたまえ」

寺本は、じっと、木村を見た。木村は、県警で、期待されるエースである。本部長の寺本も、この若い警部に、期待をかけていたし、その発言を、尊重してきた。

「投書の主は、葬儀をすると書いています。この人間が、高梨ゆう子を殺した犯人をしっていて、その犯人を捕まえるのが、真の葬儀となると考えていたとすると、ただ、殺してほうり出しておくのでは、葬儀にはならないと思うのです。殺した渡辺志郎が、高梨ゆう子殺しの犯人であることを、はっきり書いたものを、一緒に置いておくか、あとから、警察に、その旨、電話なり、手紙で、しらせてくるべきだと思うのですが、それをしていません。大げさな投書をした人間らしくありません」

「それを、君は、どう考えるのかね？」

「これは、十津川警部にも、話さなかったのですが、私は、投書の主は、渡辺志郎を、青岸渡寺に呼んだのではないと思ったのです。別の人間を呼んだ。その人間を、投書の主は、高梨ゆう子を殺した犯人と考えていた。そういうことではないかと思います。ところが、青岸渡寺に、渡辺志郎が、やってきた。それで、渡辺を殺す破目になってしまったのではないでしょうか？　だから、高梨ゆう子の敵を討ったと書くこともできないし、警察に、しらせることもできなかった。私は、そう考えたのです」

「なかなか、面白い」

「渡辺志郎は、S組のヤクザです。それに、頭もいいとききました」

「それで？」

「投書の主が、高梨ゆう子殺しの犯人と考えた人間をAとしましょう。投書の主は、Aに向かって、お前が、高梨ゆう子を殺したことをしっている。話があるから、青岸渡寺に五月十一日の早朝にこいと、いったんだと思います。Aは、怖くなり、前からの知り合いであるヤクザの渡辺に、代わりにいって、話をつけてきてくれと、頼んだんじゃないかと思うのです。渡辺は、金になると思って、東京から、わざわざ、青岸渡寺に出かけていった。相手は、その渡辺を刺し殺してしまったというわけです」

「警察には、五月十一日に、葬儀をやると、いっておきながら、なぜ、前日の夜に、渡辺志郎を、殺してしまったのか。その点の解釈は、どうかね？」

と、寺本が、きいた。

「それは、こう考えました。Aは、ヤクザの渡辺に、交渉を頼みました。渡辺は、引き受けたが、五月十一日は、用があって南紀にいくことができない。前日十日の夜ならいいといった。それで、Aは、投書の主に、十日の夜に変更してくれるように、いったんじゃないか。ほかに、考えようがありません」

木村は、自信を持って、答えた。

県警本部長は、微笑して、

「なるほど。筋は、通っている。君の考えは、納得できるよ」

「ありがとうございます」

「本庁は、どう考えているんだろう？」

「私が、十津川警部に接触した感触では、渡辺志郎が、高梨ゆう子を殺した。投書の主は、その敵を討とうと、彼を、青岸渡寺に、呼びつけたと、考えているようです。なぜ、前日、十日の夜になったかということについては、まだ、白紙の状態ではないかと思います」

と、木村は、いった。

寺本は、満足げに、

「そうすると、この事件については、われわれは、本庁を、一歩、リードしているということだな」

「そう思っています。しかし、もともと、青岸渡寺の事件は、われわれ、和歌山県警の所管です。本庁が、しゃしゃり出てくることが、おかしいのです」

と、木村は、昂然と、胸を張った。

「確かに、君のいうとおりだ。もう一つ、ききたいことがあるんだがね」

「渡辺殺しが、南紀白浜の二つの殺人事件と、どう関係してくるかということでしょう？」

「そのとおりだ。君は、関連があると思うかね？　それとも、ないと思うかね？」

「今、東京と、南紀白浜で起きている殺人事件は、すべて関係があると、私は、考えています」

「その根拠は、何だね？」

と、寺本が、きく。

「それは、問題の投書のサインです。『シーサイドビューを愛する者』と、サインしています。白浜で殺された上田貢一郎と、竹下可奈子の二人は、仲居の君子に、いい合わせたように、倒産した『シーサイドビュー』を、懐かしんでいて、あのホテルは、素晴らしかったといっています。つまり、この二人も、投書の主と同じように『シーサイドビューを愛する者』だったわけです」

「三人は、一つのグループを作っていたと見ていいのかな？」

「私は、グループを作っていたと思います。それも、ひどく、強固なです。もちろん、ただ『シーサイドビュー』を、懐かしむといったグループではなかったと思います。三人目のAは、高梨ゆう子の敵を取ろうとして、ヤクザの渡辺を刺し殺してしまったわけですから」

「と、すると、青岸渡寺事件の犯人を、見つけ出すのは、そう難しくはないようだね？」

と、寺本が、きいた。

「白浜で殺された上田と、竹下可奈子の友人、知人の線を調べていけば、必然的に、犯人にたどりつけると、確信していますが、上田と、竹下可奈子の二人が、ホテルでは、偽名を使っていたということで、本名も、身元も、まだ、掴めないのです」

「それが、あったな」

「ただ、今度の事件で、ヒントを一つ得ました」

「どんなヒントだね？」

「今度の犯人は、殺人をやっています。そのくらい『シーサイドビュー』に対する思い入れが、強かったということが、考えられます。上田と、竹下可奈子が、この犯人と同じ仲間だとしたら『シーサイドビュー』に、泊まったのが、一度や二度ということは、考えられません。もっと、しばしばきていたはずです。倒産したあのホテルの元従業員なら、上田と、竹下可奈子の顔を覚えているかもしれません。これから、その元従業員を、捜してみるつもりです」

「『シーサイドビュー』の従業員は、その多くが、関連のある『シーサイドホテル』に、吸収され、あとは、ほかの仕事に、移ったりしているんだろう？」

「そうです。ただ『シーサイドホテル』に、再雇用されたのは、皆、若い人たちなんです。そういう人たちは、古い『シーサイドビュー』については、しりません。上田と、竹下可奈子は、古いお得意だと思うので『シーサイドビュー』の古い元従業員を捜し出して、話をきこうと思っています」

と、木村は、いった。

木村は、部下の刑事たちを動員して〈シーサイドビュー〉の古い元従業員捜しを開始した。

丸一日かかって、田辺《たなべ》の街にいる〈シーサイドビュー〉の元従業員を、見つけ出した。

五十八歳で、小泉宏《こいずみひろし》という〈シーサイドビュー〉では、フロント係をやっていた男である。二十年間、勤め、今は、田辺で、息子夫婦と一緒に、生活していた。

木村の指示で、小泉に会った大木と林の二人の刑事は、まず、上田貢一郎と、竹下可奈子の二人の似顔絵を見せた。

「この二人ですが、しばしば『シーサイドビュー』に、泊まりにきていたと思うんですが、記憶は、ありませんか？」

大木がいうと、小泉は、二枚の似顔絵を、じっと見つめ、二人の刑事に、背格好などをきいてから、

「この男の方は、覚えています」

「よく『シーサイドビュー』に、きていたんですね？」

「毎年、今頃、必ず、いらっしゃって、一週間ぐらい、泊まっていかれましたよ。こちらの女の方は、覚えておりませんが」

と、小泉は、いった。

やっぱりだと、大木は、思いながら、

「その頃、上田貢一郎と、いっていましたか？」

「いや、確か、上岡《かみおか》さんと、おっしゃっていたはずです。東京の方で、うちの高梨社長と、親しい方だと、きいていますが」

「娘さんの高梨ゆう子さんとは、どうでした？」

「若女将のファンでした。ファンの集いがあったんです」

「当時のことを、あなたより詳しく、しっている人は、いませんかね？」

「高梨社長は、もちろん、よくご存じだと思いますが」

「ところが、社長夫妻は、行方不明なんですよ」

「まだ、わかりませんか？」

小泉は、暗い表情になった。

「わかりません。二百億円もの負債なので、夫婦で、心中したのではないかという噂もあるんですがね」

林が、いうと、小泉は、

「社長も、奥さんも、人一倍、責任感の強い人だから――」

「ほかに『シーサイドビュー』のことを、詳しくしっている人は、いませんかね？」

「そうですねえ。一番よくしっているといえば、副社長の伊原《いはら》さんだと思います。私なんかは、ホテルの内実については、よくしりませんが、伊原さんは、高梨社長と一緒に、ずっと、ホテルの経営をやってこられたから、よく、しっていると、思いますが」

「伊原副社長ですか？　あまり、名前をきかないんだが――」

「いつも、高梨社長を立てて、裏の仕事に、徹しておられましたからね」

「今、どこにおられるか、しっていますか？」

「それが『シーサイドビュー』が、倒産した時から、会っていないのですよ。高梨社長に代わって、きちんと、清算をすませて、姿を消されたんじゃありませんかね」

「伊原さんですが、何歳くらいの方ですか？」

「高梨社長と同い歳のはずです」

「じゃあ、今、六十五歳か」

「幼なじみで、高校の同級生だときいたこともありますが」

と、小泉は、いった。

第四章　戦いの始まり

1

予感というものがある。

十津川は、それを、強く、感じていた。

最初は、南紀白浜のホテルから、転落死した、上田貢一郎という男の事件だった。

事故死か、自殺と見られていたが、他殺の可能性が、強くなった。

同じ頃、東京新宿のホテルで、高梨ゆう子が殺された。

次は、上田貢一郎と同じホテルで、竹下可奈子という女が、似たような行動をとったあと、死亡した。

そして、四人目として、渡辺志郎というS組の幹部が、紀伊勝浦の青岸渡寺の境内で、殺された。

この四つの事件は、関係があるような、ないような殺人である。

動機も、はっきりしない。

去年、倒産した〈シーサイドビュー〉というホテルに、関係があるらしいのだが、それも、明確ではなかった。

ただ、十津川は、感じるのだ。

この四つの殺人は、大きな事件の序曲なのだという予感である。

次に、大量殺人が起きるというのではない。もう、殺人は、起きないかもしれない。それは、わからないが、細かい支流が、一本になって、大河になるように、事件全体の真相が、見えてくるのではないか。

それは、長い刑事としての経験からくるものだった。

犯人は、大きな秘密を隠そうとして、口封じを図《はか》る。だが、うまくいかなくて、もうひとり、殺してしまう。

そして、四人も殺してしまったのだ。

これ以上、犯人は、真実を隠すために、何をする気だろうか？

たぶん、それが、限界で、いよいよ、真実が、明らかになってくる。十津川には、その予感がするのだ。

ただ、見る目がなければ、真実は、見えてこないだろう。

「私も、予感がします」

と、亀井も、十津川に、いった。その目が、光っている。

「犯人は、必死なんだ。南紀白浜で、上田貢一郎を、殺し、東京で、高梨ゆう子を殺し、また、白浜で、竹下可奈子を殺した。すべて、何かを守ろうとしたんだと思っている」

「青岸渡寺の渡辺の死は、違いますか？」

亀井が、きく。

「ああ。犯人は、渡辺を使って、何かを守ろうとしたんだ。前と、同じだよ。ただ、今回は、逆に、渡辺のほうが、殺されてしまったんだよ。犯人は、S組の幹部を使って、四人目の口を封じようとしたんだと思う。だが、今度は、失敗した」

「犯人は、何を守ろうとしたんでしょうか？」

「カメさんにも、思うことが、あるんだろう？」

十津川は、亀井の考えをきく。

亀井は、微笑した。

「誰が、考えても、倒産した南紀白浜の『シーサイドビュー』にいきつきます。上田貢一郎と、竹下可奈子は『シーサイドビュー』に、一度、泊まったが、その時の、楽しさを思い出し、懐かしくなってやってきたと、二人とも、仲居にいっていますが、これは、明らかに、嘘ですね。もちろん、そういうことは、あると思います。私だって、一度いった伊豆《いず》の旅館の心遣いが、忘れられないということがありますから。しかし、それだけなら、上田と、竹下可奈子が、殺されるというのは、不可思議です。二人は、殺される理由があって、殺されたんですよ。東京の新宿のホテルで殺された高梨ゆう子も、同じだと思います。たまたま殺されたのではなく、同じ理由があって、殺されたんだと、思っています」

「それで、上田と、可奈子は、本当は、何のために、南紀白浜にきたと思うね？」

と、十津川が、きいた。

「竹下可奈子ですが『シーサイドホテル』の経理係の有村晴子に対して、借金を返せと、迫ったといわれています」

亀井が、いう。

「それで？」

「有村晴子は、倒産した『シーサイドビュー』でも経理をやっていた女性です。そのホテルが、倒産したので、関係のある『シーサイドホテル』で、同じ経理をやるようになった女です。と、すると、竹下可奈子は、晴子が、倒産した『シーサイドビュー』で働いていた時に、お金を貸したことになります」

「理屈としては、そうだな」

「しかし、これは、不可思議です。なぜなら『シーサイドビュー』が、倒産して、半年になるんです、その間、なぜ、請求しなかったんでしょうか？　それに、一度しかこなかった客が、大金を貸すとは、思えません」

「それで？」

「では、何しにきて、何のために、有村晴子に会い、なぜ、殺されることになってしまったのか、それが、わからなくなります」

「そこを、カメさんが、どう考えるか、ききたいんだよ」

と、十津川は、いった。

「やはり、金ではないか、と、私は、思います。ひょっとすると、上田貢一郎も、同じ理由だったのではないか。彼も、同じ有村晴子に、金を返せといったのではないかと思うのです。それで、彼も、殺されてしまった。そう考えるんですよ」

亀井は、考えながら、いった。

「竹下可奈子と、有村晴子との葛藤についてだが、一千万円という具体的な金額が、噂としてあったが、その点を、カメさんは、どう考えるね？」

と、十津川が、きく。

「私は、その金額を、信じます」

「しかし、ホテルの従業員に、ぽんと、そんな大金を、貸すだろうか？」

十津川が、首をかしげて、亀井を、見た。

「貸さないでしょう」

「だが、カメさんは、信じるんだな？」

「竹下可奈子が、仲居に、いったことなんです。そんなことで、冗談をいうような女性とは、思えないのです」

「上田貢一郎も、有村晴子に、金を貸していたのではないかと、カメさんは、いうが、その金額は、どう考えるんだ？」

「同じ一千万円です」

「上田貢一郎も、竹下可奈子も、同じ一千万円を、昔、有村晴子に、貸していたというのかね?」

「そうじゃありません。たぶん、二人で一千万円を、有村晴子に貸していて、それを請求しに、まず、上田貢一郎が、やってきた。その上田が、殺されると、今度は、竹下可奈子が、請求をしに、やってきた。そう、私は、考えます」

と、亀井は、いった。

2

「今度は、警部の考えをきかせて下さい」

と、亀井が、いった。

十津川は、すぐには、返事をしなかった。

亀井は、刑事のひとりとしての考えをいえばいいのだが、十津川の場合は、次の捜査方針になるかもしれなかったからである。

「私の場合は、青岸渡寺の事件から、逆に考えを、溯《さかのぼ》らせてみようと、思っている」

と、十津川は、言葉を探すように、いった。

「捜査本部に届いた手紙のことからですか？」

「そうだ。殺された高梨ゆう子の真の葬儀をおこないますと、あった。そして、署名は、シーサイドビューを愛する者、だった」

「そうです」

「普通なら、高梨ゆう子を愛する者か、高梨ゆう子の死を悼《いた》む者じゃないか。倒産したホテルを愛する者が、なぜ、殺された高梨ゆう子の死を悼むのか？」

と、十津川は、いう。

「それは、彼女が『シーサイドビュー』の若女将だったからじゃありませんか？」

亀井が、いった。

「私の勝手な解釈だがね。高梨ゆう子の死と『シーサイドビュー』の倒産を、同じ悲しみとして受け取っている人間が、いるんじゃないのだろうか？」

「どんな人間ですか？」

「ひとりではなく、グループだよ。そのなかに、上田貢一郎も、竹下可奈子も、入っているはずだ」

「なるほど。そのグループは、倒産した『シーサイドビュー』を、こよなく愛していた」

「そして『シーサイドビュー』のシンボルとしての高梨ゆう子も、愛していたということなんじゃないかと思う」

と、十津川は、いった。

「その連中ですが、捜査本部に、あんな手紙を送りつけてきたところをみると、東京で、高梨ゆう子を殺した犯人を、しっているのかもしれませんね」

「想像はついているんだと思う。本当に、犯人をしっていて、証拠もあるのなら、警察に、その証拠と一緒に、犯人の名前も、届けているはずだからね」

「青岸渡寺の件と、ほかの殺人事件との関係を、どう考えられますか？　警部は、逆に、溯って、考えてみたいと、いわれましたが」

亀井は、じっと、十津川を見た。

「今、いったように『シーサイドビュー』を愛するグループは、そのシンボルとして、美人の若女将だった高梨ゆう子も、愛していたんだと思う」

「そうです」

「その『シーサイドビュー』は、去年、突然、二百億円の負債を抱えて、倒産した。連中は、この倒産を、おかしいと、思っているんじゃないかな。だから、上田貢一郎、竹下可奈子と、次々に、探りを入れるために、南紀白浜にやってきたのではないだろうか？」

「有村晴子の借金のことは、どう思われますか？」

「彼女は、倒産する前の『シーサイドビュー』で、経理を、担当していた。きっと、何かをしっているに違いないと、連中は、考えたんだと、思うね。それで、上田と、竹下可奈子は、的を、有村晴子に絞って、攻めることにしたんじゃないかな」

「一千万円の借金については、どう思われますか？」

と、亀井が、きく。

「それについては、私も、カメさんと、同意見なんだ。具体的に、金額を出していることに、意味があると、思っている。上田貢一郎も、おそらく、同じ金額を、有村晴子に要求したんだと、私は、思っているんだ。ただ、倒産したホテルを懐かしみにきたのなら、殺されるはずがないからね」

「一千万円という金額は、どう思われますか？　個人が、貸すにしては、大金すぎますが」

亀井が、疑問を、口にした。

「それを、私は、ずっと、考えていた。カメさんのいうとおり、個人が、簡単に貸すにしては、大金すぎる。第一、借用証があったという話が、まったく、きこえてこないんだ。竹下可奈子は、仲居に、一千万円を貸しているという話をしているが、借用証を、見せていない」

「では、一千万円の話は、嘘だと思われるんですか」

「最初は、嘘だと、考えていた。カメさんのいうとおり『シーサイドビュー』が、倒産する前に、一千万円も貸しているなら、なぜ、今まで請求せず、急に、今になって、請求にきたのか、わからないからね。もう一つ、有村晴子について、いろいろと話をきいたが、大金を借りていて、その返済に、困っていたという話は、していないんだ。そんな話は、誰もきいていない」

「今は、どう思われるんですか？」

「一千万円の話が嘘なら、上田にしても、竹下可奈子にしても、殺されていなかったと、思っている」

と、十津川は、いった。

「矛盾していますね。警部は、今、一千万円も、借金していれば、有村晴子が、誰かにそれらしい話をしていなければおかしいといわれた。しかし、逆に、一千万円もの大金を借りていたから、請求しにきた上田と、竹下可奈子の二人を、殺さなければならなかったと、いわれた。矛盾していますよ。答えは、どっちなんですか？」

亀井は、遠慮なく、きく。

「両方とも、正しいと、思っている。いや、正しいんだ。二人が、現実に、殺されているからね。いや、ほかに、高梨ゆう子も、東京で、殺されている」

と、十津川は、いった。

「どちらも正しいとなると、本当の答えは、どういうことになるんですか？　一千万円は、どうなるんですか？」

「こう考えてみたら、どうだろう。一千万円は象徴的な意味で、存在したと」

「シンボルですか？」

「そうだ」

「しかし、何のシンボルですか？」

「犯罪のだよ」

と、十津川は、いった。

「もっと、わかるように、話して下さい」

「上田貢一郎、竹下可奈子、それに、高梨ゆう子は、いずれも、倒産した『シーサイドビュー』に、関係があった人たちだ。その人たちが、相ついで殺されている」

「そうです」

「ただの倒産だったら、こんなことが、起きるだろうか？　倒産したホテルの娘には、借金だけがあって、彼女自身、ホステスもやっていた。そんな娘を、わざわざ、ホテルに押しかけていって、殺す必要が、なぜ、あったのか。上田貢一郎と竹下可奈子は、いわゆる『シーサイドビュー』を愛するグループの人間だ。ただ、昔のホテルを懐かしむ男女を、なぜ、殺す必要があったのか？」

「ええ」

「唯一、考えられる理由は、去年の倒産に、何か秘密があったのではないかということだよ」

と、十津川は、いった。

「どんな秘密ですか？」

「二百億円の負債も、その一つだと、私は、考えている。去年、突然『シーサイドビュー』は二百億円の負債を抱えて、倒産してしまった。南紀白浜の、同業者たちにきいても、突然で、びっくりしたと、いっているんだ。そんな負債があるとは、しらなかったという話ばかりだからね」

「しかし、現実に『シーサイドビュー』は、T銀行から、多額の借金をし、また、危険な消費者金融からも、借りていたわけでしょう？　それが、合計で、二百億円になっていたわけです」

と、亀井が、いう。

「だがね。その間の事情を一番よくしっているはずの高梨社長夫妻は、行方不明のままだ。借金に追われ、債権者から、身を隠しているのだともいわれているし、すでに、揃って、自殺しているのではないかとも、いわれている」

「警部は、どう思われるんですか？」

「わからない。逃げ回っているのかもしれないし、すでに、死亡しているのかもしれない。それも、捜査が、進展していけば、自然に、わかってくると思うがね」

「もうひとり、二百億円の負債について、しっていると、思われる人間がいますよ」

「有村晴子だろう」

「そうです。倒産するまで、彼女が『シーサイドビュー』の経理の責任者だったわけですから、二百億円もの負債が、どうしてできたか、そのあたりの事情を、よくしっていると思いますが」

「その有村晴子は、今、行方不明だ。上田貢一郎と、竹下可奈子を殺したと、思われている」

「そこで、一千万円ということになるんですが、警部のいわれた、象徴的な金額というのは、どういうことですか？」

「これは、仮定の話なんだが『シーサイドビュー』の倒産が、仕かけられたものだとしてみよう。この倒産劇を、計画した犯人がいる。その犯人に頼まれて、有村晴子が、帳簿を細工したのではないか。二百億円という借金は『シーサイドビュー』の高梨社長が、借りたものではなく、犯人が、借りたものだった。それを、経理の責任者の有村晴子が、帳簿を操作して、高梨社長が、借りたものにした。高梨夫妻は、行方不明だから『シーサイドビュー』が、借りたものではないという証明はできない」

「そうなると、高梨夫妻が、失踪しているのは、犯人が、関係していると、思わざるを得ませんね」

「そうなるね。娘の高梨ゆう子も『シーサイドビュー』を愛する人たちも、ホテルの倒産が、怪しいと、思っていたんだと思う。ただ、今もいったように、肝心の高梨社長夫妻が、行方不明になってしまっているし、倒産が企てられたものだという証拠もなかった。だから、動こうとしなかったんだよ。それが、今になって、何かを、摑んだんだ。それで『シーサイドビュー』を愛する連中が、動き出したんだと思う」

と、十津川は、いった。

「それで、一千万円ですか」

「有村晴子が、倒産の片棒を担いでいたとすると、ただで、そんな危ないことをするはずがない」

「金ですか?」

「そうだよ。有村晴子は、金をもらって、犯人にいわれるままに、帳簿を細工したんじゃないだろうか? その金額が、一千万円。いや、一千万円ぐらいは、もらったに違いないと、上田たちは考えたんじゃないだろうか。だから、有村晴子に、一千万円返せと、要求した。それは、一千万円を返せということよりも、お前は、金をもらって、帳簿を、細工し『シーサイドビュー』が、倒産するのを計画したろうと、告発する意味が、強かったと思うね」

と、十津川は、いった。

「それで、一千万円という金額には、象徴的な意味があると、警部は、いわれたわけですね」

「そうなんだ。だから、いったほうも、それが、八百万円でも、千二百万円でも、あるいは、二千万円でも、よかったんだと思うね。とにかく、有村晴子が『シーサイドビュー』で働きながら、その会社を裏切るのに、大金をもらったに違いないと考え、それを、一千万円という金額に表したのだと、私は考えたんだよ」

「それで『シーサイドビュー』を、倒産に追いこんだ犯人ですが、それは、誰だと、思われますか？」

と、亀井が、きいた。

「これも、あくまでも、仮定の話だが」

と、十津川は、慎重に、断ってから、

「高梨社長とは、親戚関係にある『シーサイドホテル』の社長ではないかと思っている。似たようなホテルが、近くにあって、ライバル関係にあったと、思えるんだよ。現に『シーサイドビュー』が、倒産して、このホテルの客も、今は『シーサイドホテル』を、利用するようになっているからね」

3

「確か、高梨社長の遠い親戚で、花田という四十五歳の若い社長でしたね」

と、亀井が、いった。

「県警の大木刑事が、そういっていたね。花田社長は、若い時、高梨社長に私淑して、自分から勉強のために『シーサイドビュー』で、フロント係をやっていたと、いうことだった」

十津川も、思い出しながら、いった。

「それに、自分で、ホテルを始めるに当たって、その資金は、彼の家が、熱海で、ホテルをやっていて、そのホテルを売却して、作ったということでした」

「覚えているよ。まず、それが、本当かどうか調べてみようじゃないか」

と、十津川はいった。

二人は、南紀から、急遽、熱海に、回ることにした。

どこの温泉地も、バブルがはじけて、苦戦しているが、熱海も、その例外ではなかった。

表通りに面した有名ホテルのいくつかが、閉館されてしまっている。

花田の家が、経営していたのは、これも、表通りにある〈ホテル・はなだ〉という七階建てのホテルだった。

このホテルは、三年前、同じ熱海のW不動産に売却されている。

今は、建物は、すべて、壊され、駐車場になっていた。

所有は、W不動産である。JR熱海駅前にあるW不動産に、十津川と、亀井は、顔を出し、藤本《ふじもと》という社長に会った。

十津川が、警察手帳を示すと、藤本は、さすがに、硬い表情になった。

「あの取り引きには、別に、問題は、ありませんでしたよ。不正な取り引きなどでは、ありませんから」

「別に、取り引きに、疑問を持ったわけじゃありません。取り引きの内容を、話していただければいいんです。われわれは、経済関係の捜査をやっているわけじゃありませんから」

「捜査一課というと、殺人事件でしょう？」

「そうです」

「うちが、殺人事件に関係しているというんですか？」

藤本が、眉をひそめて、いう。

「いや、南紀白浜で、殺人事件が起きていましてね。東京でもです。その捜査の参考にしたくて、伺ったんですよ。『ホテル・はなだ』を、お買いになったのは、こちらだときいたものですからね」

と、十津川は、いった。

「確かに、うちが、購入しましたが、不正な取り引きじゃありませんよ」

藤本は、また、繰り返した。

「いくらで、購入したんですか？」

「いわなくちゃいけませんか？」

「何しろ、殺人事件が、絡んでいますのでね」

「百億円です」

「間違いありませんか？」

「この場所ですから、バブルの頃なら、二百億円はしたと思いますがね。大変な価値の下落です」

「では、百億円が、花田さんに、支払われたわけですね？」

「そうですが、花田さんは、銀行に借金があったようだから、実際に、手に入ったのは、半分の五十億ぐらいじゃなかったかな」

と、藤本は、いった。

「それは、間違いありませんか？」

「ないですよ。銀行の人からきいてるから」

「花田さんというのは、どういう人ですか？」

と、十津川は、きいた。

「いい人ですよ。『ホテル・はなだ』は、古くからのホテルでね。そこの、ひとり息子だから、まあ、いってみれば、いいとこの、お坊っちゃんの感じですかね。ただ、あのホテルを売却する頃から急に、仕事熱心になって、人が変わったような感じでしたよ」

「なぜ、そうなったんですかね？」

「父親の自殺が原因じゃありませんかね？」

「自殺したんですか？」

「そうです。花田さんの父親は、花田匡《ただす》さんといって、熱海の名士だったんですよ。経営も、しっかりしていて、借金もなかった。それが、古くからの友人にいわれて、借金の連帯保証人になった。それで、十億円とか、二十億円という借金になってしまったんです。息子の花田さんは、その時、けちのついたホテルなんか、売ってしまえといったが、父親のほうは、自分の代で、売却するには忍びないといって反対し、それが、家族の間で、いい争いになったらしいんです。それで、父親は、自殺してしまったということです」

「そのあとで、息子の花田さんが、ホテルを売却した？」

「ええ」

「金を借りた友人は、どうしたんですか？」

「行方不明ですよ。古くからの友人らしくて、その友人に、騙されたということも、自殺の理由の一つだったんじゃありませんかね」

と、藤本は、いう。

「息子の花田さんですが、南紀白浜で、大きなホテルをやっていることは、しっていますか？」

亀井が、きいた。

「話はきいていますが、いったことはありませんよ」

「これが、その『シーサイドホテル』です」

と、亀井は、写真数枚と、ホテルの図面を、袋から取り出して、藤本に見せた。

「土地は、約千坪です。南紀白浜の一等地に建っています。あなたの目から見て、評価額は、どのくらいですか？」

と、十津川は、きいた。

「豪華ホテルですね。ただ、南紀白浜のことをよくしりませんからねえ」

「熱海のホテルを売った金で、この新しいホテルが、建てられますかね？　土地は、用意できていたとしてですが」

十津川がきくと、藤本は、もう一度、写真と図面に目をやって、

「無理でしょうね。今もいったように、百億円で購入しましたが、実際に、花田さんに渡ったのは、半額くらいだから」

と、いった。

「売却後、花田さんから、連絡は、ありますか？」

十津川が、きいた。

「向こうのホテルが、オープンした時、案内状をもらいましたよ。いきませんで

したが、それだけです」

「父親は、自殺したということですが、母親は、今も、健在ですか？」

「息子さんが、南紀に呼んだけれど、母親の節子《せつこ》さんは、熱海にいたいといって、老人専用のマンションに、住んでいるという話ですよ。熱海にはそういうマンションが、いくつかあるんです」

と、藤本は、いった。

そこにいって、花田の母親に会ってみることにした。

海岸べりにある白亜のマンションである。医師、看護師も、常駐していて、食事つきなので、人気が、あった。

花田の母親、花田節子は、その一室に入っていた。

年齢は、六十八歳だという。小柄で、静かな感じの女性だった。

「南紀白浜で、ホテルをやっている息子さんのことですが、連絡は、よくあるんですか？」

と、十津川は、きいた。

節子は、なぜか、十津川たちを見ようとはせず、窓の外に広がる海に目をやったまま、

「あまり、ございません」

「倒産した『シーサイドビュー』の高梨社長とは、親戚に、当たるそうですね？」

「遠い親戚ですわ」

「殺された高梨ゆう子さんとも、当然、親戚関係になるわけですね？」

「ええ。でも、つき合いは、ほとんど、ありませんでした」

「しかし、息子さんは、一時『シーサイドビュー』で、フロント係を、やっていたわけでしょう？」

亀井が、きいた。

「あれは、亡くなった主人に、反発したんですよ」

と、節子は、いう。

「どういうことですか？」

「主人は、昔ふうの、丁寧な接客と、経営をやっていました。息子は、それに反発して、南紀白浜の『シーサイドビュー』に、勉強に、いったんです」

「なるほど、息子さんは、どういう方ですか？」

と、十津川が、きいた。

「亡くなった主人と、正反対の性格ですわ」

「正反対というと？」

「主人に、反発して、大人になってきましたから。昔ふうなやり方にも、反発していましたし、友だちのために、自分が損をするなんて、一番、軽蔑していたと、思いますね」

節子は、硬い声で、いった。そんな息子の性格に、ついていけないという感じだった。

「『シーサイドビュー』が、倒産した時、どう思われましたか？」

「別に、何も――」

「しかし、息子さんが、勉強のために、フロント係をしていたホテルだし、親戚でしょう？」

「でも、ほとんど、つき合いがありませんでしたから」

と、節子はあくまでも、無関心な表情をしていた。

そこに、何かあるのだろうか、彼女の顔からは、それが、読めなかった。

「息子さんは、結婚していましたかね？」

「去年、わかれたと、きいています」

「どういう奥さんでした？　会ったことがありますか？」

「そりゃあ、息子の嫁ですから、何回か、会っていますわ」

「どんな女性でした？」

「まゆみさんといって、息子が『シーサイドビュー』で、働いていた頃に、知り合った方ですわ」

「じゃあ、彼女も、同じ『シーサイドビュー』で、働いていたんですか？」

「ええ。同じフロントで」

「今、まゆみさんは、どうしているんですかね？」

「さあ。南紀の方ですから、今も、向こうに、いると、思いますけど」

相変わらず、投げ遣りな調子だった。

嫁と姑という関係だったからだろうか。しかし、それなら、その嫁がいなくなった現在、息子と一緒に住むのではないだろうか。

だから、何か、ほかの理由があって、息子や、息子の元嫁と、疎遠になっているのかもしれない。

「息子さんは、今、南紀白浜で、大きなホテルを、経営していますが、必要な費用は、どうやって、工面したんでしょう？」

と、十津川は、きいてみた。

「それは、熱海のホテルを売却して――」

「それではかなり、不足していたはずなのですよ。あなたのところに、相談はありませんでしたか？」

「いいえ。銀行に、融資をお願いしたんじゃありませんか」

「どこの銀行でしょう？」

「さあ。わかりませんけど、主人が、ずっと、お世話になっていた、M銀行の支店が、向こうにもあるはずですから、そこで、融資していただいたんじゃありませんか」

と、節子は、いった。

彼女のマンションを出たあと、十津川は、和歌山県警の木村警部に電話をかけた。

「『シーサイドホテル』の花田社長が、どこの銀行と、取り引きがあるか、調べてもらいたいのです」

と、十津川が、いうと、

「それなら、わかっています。T銀行の和歌山支店ですよ」

と、木村は、いう。

「それ、間違いありませんか？　M銀行の和歌山支店じゃないですか？」

「いや。T銀行の和歌山支店ですよ。今のホテルを建てる時も、T銀行から、融資を受けています」

「なぜ、M銀行にしなかったんでしょうか？」

「それは、わかりませんが、たぶん、隣の『シーサイドビュー』の高梨社長に、T銀行を紹介されたんじゃありませんかね。高梨社長は、長い間、T銀行と、つき合いがあるようですから」

と、木村は、いった。

「花田社長と、T銀行の関係を、詳しく調べてくれませんか。熱海で調べたところ、父親が経営していたホテルを売却して、それを『シーサイドホテル』建設の資金にしたと思われるのですが、それは五十億円くらいにしかならず、とても、建設資金には、足《た》りなかったと思われます。それで、資金繰りをどうしたのか、そのへんのところを、しりたいのです」

「わかりました。明日、早速、調べてみましょう」

と、木村は、いった。

4

翌日、木村は、大木刑事を連れて、T銀行和歌山支店にいき、支店長の岡部《おかべ》に会った。

岡部は、難しい顔で、

「『シーサイドビュー』さんとは、長いおつき合いだったんですが、突然の倒産は、私にも、驚きでした。おかげで、私どもでも、二百億円という大きな、焦げつきを作ってしまいました。その責任をとって、前の支店長は、やめざるを得ませんでした」

「倒産の不安は、まったく感じなかったんですか？」

と、木村は、きいた。

「正直にいって、わかりませんでしたね。バブルがはじけても、あのホテルだけは、健全経営で、絶対安全だと思っていたんです。唯一の不安は、高梨社長が、病身だ、ということでしたが、そこは、信頼の厚い副社長の伊原さんが、しっかりしておられるので、安心していたんですがねえ。それで、三年前、ホテルの改造費用そのほかで、二百億円を融資する時も、まったく、不安は、なかったんです。それが、突然、返済不能になるし、その上、改造も、ほとんど、おこなわれていなかったというんですから、まるで、狐につまれたような感じでしたよ」

「伊原さんは、何といっているんです？」

「それが、倒産と同時に、行方不明になってしまいましてね。伊原さんが、二百億円を、自分の懐に入れてしまったのだとか、株で大損をしたのだろうとか、いろいろな、噂が流れました。その上、高梨社長夫妻も、姿を消してしまって、どうにもならなくなってしまったんですよ」

と、岡部は、いう。

「『シーサイドホテル』の建設について、花田さんは、おたくから、いくら、融資を受けたんですか？」

「五十億円です。このほうは、返済計画にしたがって、きちんと、返済していただいています」

「五十億円で、あの大きなホテルが、できあがったんですか？」

「花田さんは、熱海のホテルを、売却して、南紀にやってこられたと、きいています。その資金も、あったんだと思いますよ」

と、岡部は、いった。

「『シーサイドビュー』への二百億円の融資ですが、担保は、何だったんですか?」

と、木村は、きいた。

「前支店長の話では、ホテルと、高梨社長への今までの信用だったといっていましたね。本店のほうでも、それで、了承したので、二百億円を融資したのだといっていました。うちの本店でも、まさか、焦げつくとは、思っていなかったんです」

と、岡部は、いう。

「『シーサイドビュー』は、改造費そのほかとして、二百億円を、借りたと、いいましたね」

「そうです」

「そのほかというのは、何んです?」

「『シーサイドビュー』は、埋立地の上に建てられていますからね。豪華クルーザーを購入し、それに泊まり客を乗せて、海上でのパーティを開くことも、計画していたんです」

「その豪華クルーザーの代金ですか?」

「そうです」

「そのクルーザーは、実際に、購入したんですか？」

「スウェーデン製の大型クルーザーを、購入していましたね。三億円だったときいています」

「そのクルーザーは、今、どうなっているんですか？」

「『シーサイドホテル』が、買い取って、使用しています。三億円のクルーザーを、一億円で、買ったときいています」

「ああ、あのクルーザーですか」

と、木村は、うなずいた。

〈シーサイドホテル〉が、客へのサービスとして、その大型クルーザーに、泊まり客を乗せて、パーティを開いている。

「『シーサイドビュー』は、一百億円で、改造をやったんですか？」

と、木村は、きいた。

「やっていました。しかし、あとになって、それは、せいぜい、五億円程度の改造費だったと、わかりました」

「じゃあ、五億円の改造と、三億円のクルーザーの八億円の使途は、わかったが、残りの百九十二億円は、どうなったか、それは、どうなんです？」

と、木村が、きく。

「それなんですが、今もいったように、伊原さんが、持ち逃げしたとか、株に注ぎこんでしまったとか、いろいろと、噂は、ありましたが『シーサイドビュー』が、健全財政のように見えていたが、実際は、赤字続きで、それが、どうしようもなくなってしまったのではないか。うちから、二百億円の融資を受けても、建て直すことができなかったということだと、私なんかは、思いましたが」

「帳簿を見たんですか？」

と、大木刑事が、きいた。

「それが、二重帳簿になっていたんですよ。うちから、二百億円の融資を受けるために、毎年、利益が出ているという、粉飾決算をしていたんですよ」

「なるほどね」

「あの『シーサイドビュー』でさえ、バブルがはじけたあと、赤字に転落していたのかと、愕然としたものです」

「有村晴子という経理係の女が、いましたね。『シーサイドビュー』が、倒産してからは『シーサイドホテル』に移り、今、殺人容疑をかけられていますが」

「ええ。しっていますよ」

「彼女から、倒産の経緯をきいたことがあるんですか？」

と、木村は、きいてみた。

「肝心の伊原副社長が、行方不明になっているので、彼女から、二重帳簿のことを、きいてみました」

「そうしたら？」

「伊原副社長の命令で、やっていたと、いっていましたね。いけないことだとは、わかっていたが、伊原さんから、ホテルが、生き延びていくのには、こうするより仕方ないんだといわれて、二重帳簿を作るのに、協力したと、いっていましたね」

と、岡部は、いった。

「高梨社長は、しっていたんですかね？」

「もちろん、しっていたと思いますよ。すべての責任者なんだから。あのホテルは、先代から続くホテルですからね。高梨さんも、それを、自分の代で、潰してはいけないと思って、相当、無理してきたんじゃありませんかね。改造したり、豪華クルーザーを購入したりしたのも、大丈夫なのだと、世間に見せるための虚勢だったのではないかと、今になれば、思いますがね。うちの銀行も、それに、騙されたわけですが」

岡部は、暗い表情になって、いった。

「高梨夫妻は、今、どこにいると思いますか？」

と、木村は、きいた。

「私の勝手な、推測ですがね。高梨社長は、自尊心の強い人だから、奥さんと、すでに、心中してしまっているんじゃないか。そう思いますがね」

「伊原副社長のほうは、どうですか？」

と、木村は、きいた。

「伊原さんも、高梨社長と、同じ年齢ですからね。責任感の強い人だから、無事でいるとは、思えないのですよ。『シーサイドビュー』が、倒産しても、のうのうと、ほかの会社で働ける人じゃありませんからね」

「今、二百億円の金は、どうなっているんですか？　完全に、焦げついているんですか？」

「『クルーザー』が、一億円で売れて、その分は、回収しました。あとは『シーサイドビュー』の建物が、何とか、売却できれば、少しは、回収できるんですがね」

と、岡部は、いった。

「売れる見こみは、あるんですか？」

大木刑事が、きいた。

「南紀白浜でも、いくつかのホテルが、倒産していますからね。簡単には、あの建物は、売れないと、思います。それに、何といっても、二百億円の抵当になっているんです。そんなに、安くは、売却できません。一番いいのは『シーサイドホテル』が、買ってくれることなんですがね」

と、岡部は、いった。

「豪華クルーザーを買ってくれたようにですか？」

「そうです。『シーサイドホテル』にしても、隣に、廃墟になった建物があったのでは、商売上も、まずいでしょうからね。花田社長に、話はしているんですがね」

「それで、花田さんは、買う意志は、ありそうなんですか？」

と、木村は、きいた。

「脈はあると、思っています。何といっても、花田さんは、高梨さんとは、遠い親戚ですからね。買い手としては、一番ふさわしい。そう思って、話を持ちこんでいるんです。あとは、値段の折り合いがつけばと思っています」

「なるほどね」

と、木村は、うなずいた。

（ふさわしい買い手か？）

それは、花田が、高梨社長の遠縁に当たることや、花田が〈シーサイドビュー〉で、フロント係として勉強していたことを、いっているのだろう。

「しかし『シーサイドビュー』の倒産については、いろいろと、謎めいたことが、あるんですすねえ」

と、木村は、いった。

ただ、倒産した時点では、死者は出ていなかったから、あくまでも、経済問題であり、警察が、介入することではなかった。

木村は、もちろん〈シーサイドビュー〉の倒産はしっていたが、それは、あくまでも、一般市民としての関心だった。

〈シーサイドホテル〉にやってきた二人の男女が殺され、同時に、東京で、高梨ゆう子が殺されて、初めて〈シーサイドビュー〉の倒産を、刑事の目で、見つめるようになったのである。

そうした視点で見ると〈シーサイドビュー〉の倒産自体が、不可思議に、見えてくるのだ。

「岡部さんは『シーサイドビュー』の倒産を、どう思われているんですか?」

と、木村は、支店長に、きいた。

岡部は「そうですねえ」と、ちょっと、考えていたが、

「今もいったように、バブル崩壊という荒波が、健全に見えた『シーサイドビュー』まで、のみこんでしまったのかと、驚いているのです。大きな負債があるのを隠して、いかにも、利益があがっているように、粉飾決算をしておいて、二百億円の融資を、うちから引き出したやり方には、正直いって、腹が立っていますが、それも、バブル崩壊のせいだと考えれば、高梨さんも、被害者のひとりなのかと、考えてしまいますね」

優等生的な答え方だった。

「計画倒産だと、思いますか?」

と、大木刑事が、きいた。

岡部は、小さく、首を横に振った。

「計画倒産なら、高梨社長一家が、個人の資産を守っておいて、会社を潰してし

まったということになりますが、そんな様子は、見えないんですよ。娘さんの高梨ゆう子さんは、東京で、ホステスまでやっていたときいていますし、高梨社長夫妻も、自殺したという噂が、もっぱらですからね」

「すると、T銀行が、融資した二百億円は、どこに消えたと、思われるんですか？」

と、木村は、きいた。

「わかりませんが、こんなふうに、考える人が多いんですよ。高梨社長は、経営に行き詰って、危険なところから、融資を受けていたのではないか。そういうところは、名前は出しませんし、いざとなれば、自分の貸した資金は、さっさと、回収して、姿を消してしまいます。ほかの考え方もあります。高梨社長が、詐欺にかかって、大金を、失ってしまったのではないか。二百億円もの大きな金額を、騙し取られるような詐欺にです。いずれにしろ、高梨社長か、伊原副社長が、出てきてくれれば、真相が、わかると思うのですが、まず、難しいんじゃありませんかねえ」

と、岡部支店長は、いう。

「それは、高梨社長も、伊原副社長も、もう、生きてはいないだろうと、思っておられるからですか？」

「まあ、そうです。二人とも、真面目な方ですからね。こうなった責任を、取られたのだと、私は、思っています」

「最近、倒産した『シーサイドビュー』をめぐって、殺人事件が、連続して起きていますが、それについては、支店長さんは、どうお考えになりますか？」

と、木村は、きいてみた。

「正直にいって、困惑していますが、私どもには関係がないと、思っています。これは、警察の問題だと、思っていますから」

と、岡部は、いった。

5

木村は、岡部支店長にきいたことを、FAXで、警視庁の十津川警部に、送った。

十津川から、電話が、入った。

「大変、興味を持って、FAXに、目を通しました」

と、十津川は、いう。

「高梨夫妻と、伊原副社長ですが、依然として、行方不明のままで、見つかっていません」

「花田が『シーサイドホテル』を建設するに当たって、T銀行から、五十億円の融資を受けてたというのは、事実なんですか？」

と、十津川が、きいた。

「これは、T銀行の支店長からきいたので、間違いありません」

「しかし、熱海のホテルは、百億円でしか、売却できなかったんです。その上、負債があったので、実際に、花田の手に残ったのは、半分の五十億円ぐらいだろうと、いわれています。それを足しても、百億円でしょう。それで、あの軍艦みたいな大きな『シーサイドホテル』が、三年前に、建てられたんでしょうかね？」

十津川が、きく。

「しかし、現に、できあがっているし、T銀行の話では、五十億の融資は、きちんと、計画どおりに返済されているということです」

「土地は、どうしたんですか？」

「土地も、購入したものですが」

「それで、百億円で、足りたんですかね。しかも、この不景気に、きちんと、利益をあげているというのは、奇蹟みたいなものじゃありませんか」

と、十津川は、いうのだ。

「十津川さんは、何が、いいたいんですか？」

木村が、きいた。

「三年前、花田は、T銀行から、ホテルの建設資金として、五十億円を借りた。同じ時期に『シーサイドビュー』は、改造そのほかの資金として、二百億円の融資を、同じT銀行から受けた」

「そうです」

「花田は、T銀行とは、前に取り引きがなかったのに、五十億円の融資が、受けられたのは、当然、高梨社長の親戚ということが、あったからじゃないんですか？」

「そりゃあ、そうです。花田の連帯保証人は、高梨社長が、なっていたそうですからね。だから、T銀行としては、花田に、五十億円を貸したというより、高梨社長の『シーサイドビュー』に、合計、二百五十億円を融資したという気持ちだったと思いますね」

「それですよ」

「どういうことです？」

と、木村は、きいた。

「逆に、考えればいいんじゃないですかね。花田から見ると、自分のために、合計二百五十億円を、T銀行から、融資を受けたと同じことではなかったんだろうか？　そう考えるんですがね」

十津川が、いう。

「その金で、三年前『シーサイドホテル』を建設したというわけですか？」

「そう考えると、いろいろな謎が、解けてくるんじゃありませんか。私の勘では『シーサイドビュー』は、負債なんかゼロで、文字どおり、健全経営だったのではないかと、思うのです」

「改造、そのほかで、二百億円の融資を受けたのは『シーサイドビュー』にとって、必要のないものを、借りたということですか？」

「そうだと思います。その金で『シーサイドホテル』が、建てられたのですよ」

「しかし、高梨社長や、伊原副社長がいるから、そんな不正は、できないはずですがね」

と、木村は、いった。

「しかし、高梨社長は、その頃、病身で、実際の仕事は、伊原副社長が、やっていたわけでしょう？」

「そうですが、伊原さんは、高梨社長の信任の厚い人ですからね。社長を裏切るとは、思えませんがね」

と、木村は、いった。

「人間というのは、わからないものですよ」

「それは、そうですが――」

「伊原副社長と、高梨社長は、同じ年齢でしょう。片方は、ずっと、副社長の地位に甘んじてきた。もし、高額の金で、誘われたら、社長を裏切ることも、するんじゃありませんかね。実際の権限を持っている伊原と、経理係の有村晴子が組めば、どんなことでも、できたんじゃないのかな」

と、十津川は、いう。

「しかし『シーサイドビュー』の改造も、一応、やられたし、事業用の大型クルーザーも、購入しているんです」

「それは、ジェスチュアですよ。二百億円も借りて、何もやらなければ、その時点で、おかしいと、思われてしまう。だから、八億円で、改造もし、大型クルーザーも、購入した。そうなれば、T銀行も、不審に、思いませんからね。そうしておいて、合計、三百億円で『シーサイドホテル』は、着々と、完成していったんだと思いますよ。そして『シーサイドホテル』が、オープンすると、すぐ『シーサイドビュー』は、二百億円の焦げつきを作って、倒産した。できすぎた話だと思いませんか?」

と、十津川は、いう。

「犯人は、花田ですか?」

「それに、伊原副社長と、経理係の有村晴子が協力した。ほかにも、協力したものが、いるかもしれません」

「そうなると、高梨夫妻も、失踪ではなくて、殺された可能性が、出てきますね」

と、木村は、いった。

「それに、伊原副社長もです。そういうダーティな仕事は、S組が頼まれて、やったんじゃありませんか?」

第五章　追跡

1

調べなければならないことが、いくらでもあった。

南紀白浜の〈シーサイドホテル〉と〈シーサイドビュー〉のことは、和歌山県警の木村警部に任せることにして、十津川が、差し当たって、しなければならないことは、新宿のホテルで殺された高梨ゆう子の捜査と、S組の幹部、渡辺志郎のことだった。

十津川は、まず、捜査四課の中村警部に、協力してもらって、S組と、今回の事件との関係を、調べてもらうことから始めた。

中村とは、同期である。

喫茶ルームで、コーヒーを飲みながら、話をきいた。

「今のところ、わかっていることだけを話す」

と、中村は、断ってから、

「S組は、新宿を本拠地としているが、一時、熱海に、進出したことがある。温泉地は、金になるからね。熱海では、N組と、抗争になった。その頃、S組が、よく出入りしていたのが『ホテル・はなだ』なんだ」

「その時、今、白浜で『シーサイドホテル』をやっている花田と、関係ができたということなのかね」

「そうだと思うね」

「S組の渡辺志郎との個人的な関係は?」

「花田とのか?」

「そうだ」

「S組が、熱海進出を図ったとき、その責任者として、乗りこんだのが、幹部の渡辺志郎だった」

と、中村は、いった。

「なるほどね。それで、結局、S組は、どうしたんだ?」

「N組と、手を打って、熱海から引き揚げたが、うまい汁は、充分に吸いあげたと見られている」

「渡辺志郎と、花田との個人的な繋がりも、ずっと、続いてきたということかな？」

「だろうね。お互いに、利用し合ってきたということは、充分に、考えられるよ。金と、力とは、よく結びつくからね」

「渡辺志郎は、S組の幹部で、インテリだと、前に、君にきいたことがあったな」

「頭は、切れたよ。冷静で、計算のできる男だ」

と、中村は、いった。

「女にもてるほうかな？」

「ああいう男に惚れる女は、多いよ。特に、自分のことを、インテリだと思っている女性が、惚れるらしい」

「才色兼備の女がか」

十津川は、ふと、高梨ゆう子のことを考えた。

考えにくいが、ひょっとすると、二人の間に、何か、関係があったのかもしれない。

十津川は、彼女の写真を、中村に見せた。

「名前は、高梨ゆう子。新宿のホテルで、殺された。彼女と、渡辺志郎と関係があったかどうかをしりたい。こちらは、彼女の線から、追ってみるが、君は、S組のほうから、調べてみてくれないか」

「高梨ゆう子というと、倒産した『シーサイドビュー』のひとり娘だろう?」

「そうだ。東京に出て、クラブで働いていた」

「もし、渡辺と関係ができたとすると、その時かもしれないな」

と、中村は、いった。

中村とわかれると、十津川は、三田村と、北条早苗の二人に、高梨ゆう子が、働いていたクラブにいくように、指示した。

「特に、その店に、S組の渡辺志郎が、きていなかったかどうか、きくんだ。もし、きていたら、渡辺と、高梨ゆう子との関係を、調べてくれ」

と、十津川は、いった。

彼自身は、亀井と二人、高梨ゆう子が、東京で住んでいたマンションを、もう一度、見に出かけた。

狭い部屋である。彼女が殺されてから、この部屋は、事件解決まで、封印されることになっていた。

「なぜ、高梨ゆう子は、新宿のホテルに、泊まっていたんですかね？」

と、亀井が、きく。

「若い女の見栄かな。それとも、ほかの理由が、あってのことか」

「見栄ですか？」

「特に、好きな男と会って、一夜を共にするとき、この狭い部屋より、都心のホテルにしたくなる。そんな気分だったんじゃないかね」

と、十津川は、いった。

「好きな男ですか。そいつが、犯人ですかね？」

「かもしれないな」

「それが、S組の渡辺志郎かもしれないと、お考えですか？」

「考えている」

と、十津川は、いった。

二人は、部屋の隅から隅まで、調べてみた。

三面鏡の引き出しを抜き出して、その底まで調べた。

十津川自身、何を捜し出そうという、はっきりした目当てがあるわけではなかった。

高梨ゆう子が、今回の事件に、どう関係しているのか、それをしりたかった。その手がかりになるものを、見つけたかったのだ。

洋ダンスの引き出しを、抜き出すと、その奥に、小さなアドレスブックが、ガムテープで貼りつけてあるのを、見つけた。

十津川は、手を入れ、テープを引き剝がして、小さなアドレスブックを、抜き出した。

七人の名前が、そこには、書かれていた。

高梨ゆう子
上田貢一郎
竹下可奈子
井上弘《ひろし》
剣持美佐子《けんもちみさこ》
原田修《はらだおさむ》

原田　京子《きょうこ》

ひとり目から、三人目までは、すでに、死亡している。

それに、上田貢一郎と、竹下可奈子は、偽名だったはずである。

七人の名前の下には、電話番号が、入っていたが、すべて、携帯電話の番号だった。

「三人とも、その携帯が、見つかっていないんだ」

と、十津川は、いった。

「白浜で殺された上田と竹下可奈子も、携帯を、持っていたはずなのに、失くなっていましたね。犯人が、持ち去ったんです」

「ほかの四人に、かけてみよう」

と、十津川はいい、自分の携帯電話を取り出した。

井上弘から、かけてみる。

だが、かからない。相手が、切ってしまっているのだ。

剣持美佐子、原田修、原田京子と、十津川は、かけてみたが、すべて、同じだった。相手が、スイッチを入れていないのだ。

「用心しているんだと思いますね。三人が、殺されてしまったんですから、当然でしょうが」

と、亀井が、いった。

「かもしれないな。この連中は、何なんだろう?」

「青岸渡寺の件で、手紙をよこした奴は、倒産した『シーサイドビュー』を、愛する者だといっていたんでしょう。そういう連中じゃありませんか」

「それで『シーサイドビュー』のひとり娘の高梨ゆう子を、担いでいたということか」

「ただ単に、懐かしむといったグループでしたら、殺人事件に巻きこまれたりは、しないと思います」

「われわれも『シーサイドビュー』の倒産の裏に、何かあったと、思っている。この七人は、それを、明らかにしようと、考えていたんじゃないのかね? 上田貢一郎と、竹下可奈子は、その真相を調べるために、南紀白浜に出かけたんだと思う。だから、殺されたと、考えるのが、いいところだろうね」

と、十津川は、いった。

「あと、四人いるんですか」

「青岸渡寺で、高梨ゆう子の真の葬儀をやるという投書は、この四人の書いたものだと思うね。S組の渡辺志郎を殺したのもだよ」

と、十津川は、いった。

「この連中が、どういう人間たちなのか、倒産した『シーサイドビュー』と、どういう関係なのか、しりたいと、思いますね」

「上田貢一郎と、竹下可奈子の二人が、偽名だとすると、残りの四人も、偽名ということが、考えられるな」

「そうですね。高梨ゆう子以外は、偽名だと私も思います」

「本名や、住所が、わかってしまうと、危険だからかな」

「上田貢一郎と、竹下可奈子の二人、いや、高梨ゆう子を含めると、三人が、殺されていますからね。自分たちが危険な立場にいることを、しっているんだと思います。だから、偽名を使っているんじゃありませんか」

「この携帯電話の番号から、本名と、住所を、割り出せないかね？」

「電話会社に協力してもらって、やってみましょう」

と、亀井は、いった。

だが、これが、簡単ではなかった。

携帯電話の持ち主が、どんどん変わってしまうからである。

問題の四人が、誰の名前になっている携帯電話を、使っているか、わからないのだ。

それに、四人の携帯電話は、いずれも、すでに廃棄処分が、されているのが、わかった。そうなると、電話会社の台帳から、抹消されてしまっていて、前の持ち主の名前も、わからないと、いわれてしまった。

ただ、殺された上田貢一郎と、竹下可奈子の携帯電話は、さすがに、まだ、抹消されていなかったので、持ち主の名前と、住所が、わかった。

上田貢一郎→上岡健太郎《かみおかけんたろう》
竹下可奈子→竹田美奈子《たけだみなこ》

これが、携帯電話の持ち主の本当の名前だった。

住所も、記入されている。

十津川と、亀井は、まず、上岡健太郎の住所である三鷹《みたか》市内を、訪ねてみた。

JR三鷹駅から、歩いて、十二、三分のところにある二階建ての洒落た家だった。

上岡という表札を確認してから、亀井が、インターホンを鳴らした。

六十歳くらいの和服姿の女が、顔を出した。

十津川が、警察手帳を示すと、彼女は、二人の刑事を、奥へ招じ入れた。

静かなので、十津川は、

「おひとりですか？」

「子供たちは、みんな独立しておりますから」

と、彼女は、いった。

「ご主人は、上岡健太郎さんですね？」

「はい」

「亡くなったのは、ご存じですね？」

「ええ。もちろん」

「ご主人は、なぜ、上田貢一郎という偽名を使っていたんでしょうか？」

「きっと、私や、子供たちに、迷惑をかけまいとしたんだと思いますわ」

「『シーサイドビュー』というホテルを、ご存じですね？」

「ええ」

「そこの社長の高梨さんも？」

「高梨さんは、主人が、よくしっていました。ゴルフ仲間でしたし、何人か、仲間がいて、あのホテルでは、ＶＩＰ待遇してもらえるんだと、喜んでいましたわ」

「ＶＩＰ待遇ですか」

「ええ」

「それでは、あのホテルが、倒産した時は、驚ろかれたんじゃありませんか？」

「何かの間違いだといっていましたわ。きっと、何かの罠にはめられたんだ。だから、真相を、明らかにしてやるといって。主人は、建築設計の仕事をしていたんですけど、その仕事をやめて、何か、調べていたんです」

「『シーサイドビュー』を愛する者の会というのをご存じですか？　ご主人も、その会に入っていたと、思われるのですが」

「『シーサイドビュー』を愛する者？」

と、彼女は、呟いていたが、

「確か、一度、そんな差出人の手紙が届いたことがありましたわ。主人宛てでした。もちろん、まだ主人が、存命の時でしたけど」

「竹田美奈子という女性をご存じですか？」

と、亀井が、きいた。

「お会いしたことは、ございませんけど、昨日も電話が、ございました」

「どんな電話ですか？」

「竹田美奈子という女性を、しらないかという電話ですわ。男の人の声で。しらないと申しあげましたが、信じないご様子でした」

「なるほど」

と、十津川は、うなずいた。

上田貢一郎こと上岡健太郎と、竹下可奈子こと竹田美奈子を殺した犯人は、二人の携帯電話を、奪っている。

とすれば、十津川たちと同じように、その番号から、本名と、住所を調べあげたはずである。それで、電話してきたのだろう。

「ほかに、何か、妙なことは、ありませんか？」

と、十津川は、きいた。

「監視されているような気がします」

「監視されている？」

「ええ。近くに、買物に出ると、時々、尾《つ》けられているような気がするんです。それから、家の前に、ワゴン車が、ずっと、駐まっていたり――」

「あなたが、誰と会うか、調べているのかもしれませんん」

「どうして、そんなことを？」

「ご主人の仲間のことを、しりたいんですよ」

と、十津川は、いった。

二人は、礼をいって、外へ出た。

パトカーで、今度は、竹田美奈子の住所に向かった。

成城《せいじょう》のマンションの702号になっていた。

2

「戦いが、まだ、続いているということですね」

パトカーを走らせながら、亀井が、いう。

「そうだな。『シーサイドビュー』を潰した花田たちからすると、殺した上岡健太郎と、竹田美奈子の二人以外に、何人の仲間がいるのか、それを、何としても、しりたいだろうからね」

「上岡家を監視しているのは、Ｓ組の連中ですかね？」

「かもしれないし、雇われた私立探偵かもしれないな」

十津川は、西本に電話をかけて、三鷹市の上岡家を、見張れと、命じた。

「上岡家を、誰かが監視している。そいつを、捕まえるんだ」

と、十津川は、いった。

成城で、ヴィラ・成城を捜す。真新しいマンションだった。

車庫もあり、セキュリティも完全な、豪華マンションである。

十津川が、一階玄関で、７０２の番号を押すと、

「どなたでしょうか？」

と、若い女の声が、きこえた。

「警視庁捜査一課の十津川といいます。お疑いでしたら、警視庁へ電話して、確認して下さい」

十津川が、いうと、玄関の扉が、開いた。

ロビーを抜け、エレベーターで、七階にあがる。

７０２号室の前では、二人が、警察手帳を見せた。

それで、やっと、なかへ通された。

3LDKの、ゆったりした部屋である。ベランダに面した、二十畳くらいの広い居間に通され、椅子に腰をおろした。

相手は、三十歳前後の女だった。死んだ、竹田美奈子に、顔が似ているところを見ると、妹だろうか。

「みどりです」

と、彼女が、いった。

「美奈子さんの妹さんですか？」

「ええ」

「美奈子さんが、亡くなったことは、ご存じですね？」

「はい」

「美奈子さんの、ご主人は？」

と、きくと、みどりは、

「病死しました」

「そうですか。美奈子さんと、白浜の『シーサイドビュー』の関係をしりたいんですが」

「姉は、旅行好きで、田中《たなか》みなのペンネームで、旅行記を書いて、雑誌に載せていました」

「田中みなという名前なら、きいたことがあります」

「姉が、一番、気に入っていたのが、南紀白浜の『シーサイドビュー』で、年に、何回も泊まりにいき、そこで、原稿を書いていたんです」

「それで、社長の高梨さんとも親しくなった？」

「ええ。年賀状や暑中見舞の手紙が、きていましたわ」

「VIP待遇も受けていたんじゃありませんか？」

「ええ。それを、自慢していました」

「それでは『シーサイドビュー』が、突然、倒産したときは、びっくりしたんじゃありませんか？」

と、十津川は、きいた。

「ええ。姉は、それは、何かの間違いだと、いっていました」

と、みどりは、いう。

「真相を調べるとは、いっていませんでしたか？」

「ええ。それも、いっていました。姉は、一本気ですから」

「妙な電話が、かかってきたりしませんか？」

と、亀井が、きいた。

みどりは、笑って、

「写真を撮られました」

と、いう。

「写真ですか？」

「ええ。一昨日《おととい》、外出しようとしたら、いきなり、前に駐まっていた車のなかから、写真を、撮られました」

「どんな車です？」

「白い国産のワゴン車でしたわ。どういうことなんでしょう？　私は、タレントでも何でもないのに」

（同じ車かもしれないな）

と、十津川は、思った。三鷹の上岡家を監視していたという車も、ワゴン車だった。

「お姉さんが、大事にしていた手紙とか、写真があれば、見せていただきたいんですが」

と、十津川は、いった。

「姉のものを、整理していたんです。それを、見て下さい」

と、みどりは、いい、大きなダンボール箱を奥から持ってきた。

美奈子が、田中みなのペンネームで書いた原稿や、アルバム、手紙の束、愛用の万年筆、辞書などが、入っていた。

十津川と、亀井は、まず、アルバムを、広げてみた。

風景の写真が多いのは、旅行作家だったからだろう。

そのなかから、十津川は、ホテルの前で、撮られている九人の写真に、注目した。

たぶん〈シーサイドビュー〉だろう。

中央に、中年の男女と、二十歳くらいの女が腰をおろし、その背後《うしろ》に、六人の男女が、並んでいる。

記念写真のように、見える。

前の三人は〈シーサイドビュー〉の高梨社長夫妻とひとり娘のゆう子だった。

まだ〈シーサイドビュー〉が、盛況だった頃だろう。

背後の六人のなかに、上岡健太郎と、竹田美奈子の顔もあった。何歳か、若い顔である。

と、なると、残りの四人が、あのアドレスブックにあった四人だろうか？

写真を外して、裏を見ると、

〈VIPメンバーと高梨社長一家との記念写真〉


と、書いてあった。竹田美奈子の筆跡だった。

手紙の束のほうは、これといったものは、見つからなかった。

同じVIPメンバーからの手紙でもあればと思ったのだが、上岡健太郎からの手紙も、なかった。

「これからは、ここにお住みですか？」

と、十津川は、みどりに、きいた。

「ええ。誰もいないと、部屋が、汚れるので、しばらく、ここに、住んでみようと、思っています」

と、みどりが、答える。

「誰か、お友だちは、いませんか？」

「どうしてですか？」

「一昨日、いきなり、写真を、撮られたと、いったでしょう？」

「ええ」

「あるいは、あなたが、危険な目に遭うかもしれません」

「どうしてですか？」

「われわれも、刑事に、ガードさせますが、誰か、頼りになるお友だちがいたら、一緒にいて下さるといいんだが」

と、十津川は、いった。

「それなら、親友がいますから、今夜から、一緒に、いてもらいますわ」

「そうして下さい」

と、十津川は、いった。

捜査本部に戻ると、十津川は、借りてきた写真を、何枚か、コピーするように、いった。

その一枚を、黒板に、鋲《びょう》で留め、残りを、刑事たちに、配った。

「この写真に写っている九人のうちの残りの四人が、今も『シーサイドビュー』倒産の真相をしろうとし、倒産させた犯人に、復讐しようとしていると、思っている」

と、十津川は、刑事たちに、いった。

「それは、つまり、花田とか、伊原副社長とか、有村晴子たちと、いうことですか？」

亀井が、きいた。

「それに、S組の渡辺志郎がいるだろう」

「それで、まず、渡辺志郎を、青岸渡寺で、殺したわけですか？」

「そうだ。彼等は、あの寺に、花田を、呼び出そうとしたんだと思う。ところが、花田は、身の危険を感じて、S組の渡辺に、相談した。渡辺は、俺がいってくると、引き受けたんだろうが、相手は、四人だ。逆に、殺されてしまったんだろうと、思う」

と、十津川は、いった。

高梨ゆう子のことを、調べていた三田村と、北条早苗の二人が、十津川に、報告した。

「彼女が、働いていたクラブにいき、ママや、ホステスから、話をききました。どうやら、ここは、S組の影響力がある店のようで、渡辺以外にも、何人か、S

組の人間が、顔を出していると思われます。高梨ゆう子は、急速に、渡辺志郎と、親しくなっていったそうです」

「彼女は、そこでは、本名は、使っていなかったんだろう？」

「もちろん、使っていません」

「とすると、渡辺は、高梨社長の娘とは、しらずに、親しくなったんじゃないのか？」

と、十津川は、きいた。

「そう思います。店のママや、同僚のホステスは彼女の素性は、しっていますから」

と、三田村が、いった。

「高梨ゆう子は、どういう気で、渡辺志郎に近づいたのかね？『シーサイドビュー』を倒産させた犯人のひとりとしって、近づいたのかね？」

「私は、そう思います」

と、早苗が、いった。

「理由は？」

と、亀井が、厳しい顔で、きいた。

「彼女は、ほかの人間には、興味を示さなかったし、渡辺志郎より、はるかに、魅力のある男も何人かいましたが、最初から、渡辺と、親しくなろうと、していたというのです。それに、同僚のホステスの話では、彼女の態度は、わざとらしかったともいいます。と、いうことは、下心があって、近づいたに違いありませんわ」

と、早苗は、いった。

「つまり、渡辺に近づいて『シーサイドビュー』倒産の真相をしろうとしたということかね？」

「そう思います」

「それが、失敗して、逆に、殺されてしまったということか？」

「そうだと思います。彼女は、賭けたんだと思います。新宿のホテルに泊まり、渡辺を呼ぶ。寝てもいいから、彼から、真相をきき出したいと、思ったんじゃないでしょうか。ところが、渡辺のほうが、一枚上手《うわて》で、殺されてしまったということだと思います」

「途中で、渡辺が、彼女の素性をしり、目的にも気づいたということだろうね」

と、十津川は、いった。

「その頃、上岡健太郎が、南紀白浜にいっています。このことを、どう思われますか？　偶然の一致と思いますか？」

亀井が、きいた。

「いや、偶然とは、思わないね。二人は、しめし合わせて、動いたんだ。高梨ゆう子は、東京で、渡辺志郎に会い、色仕かけで『シーサイドビュー』倒産の真相をきき出す。上岡のほうは、白浜にいき、有村晴子を、脅して、同じく、真相をきき出す。その状況を、二人は、携帯電話で、しらせ合うつもりだったんじゃないかね。ところが、両方とも、失敗してしまったんだ」

「高梨ゆう子は、ホテルで殺され、上岡のほうは、事故死に見せかけて、殺されてしまったんですね」

「相手のほうが、一枚上手だったということだよ」

3

捜査四課の中村も、調べた結果を、十津川に教えてくれた。

「S組と、花田との関係は、今も、続いているが、それは、主として、渡辺志郎を、通してのものだったようだ。その渡辺が、南紀の青岸渡寺で殺されてしまい、警察が、彼の身辺を、調べ始めたので、S組では、花田との関係を、切ろうとしているようだ。妙なとばっちりを受けては、困るということらしい」

「S組では、渡辺が、南紀にいったことや、青岸渡寺で、殺されたことについては、どう話しているのか？」

と、十津川は、きいた。

「南紀には、勝手にいったことで、組とは、何の関係もない。また、青岸渡寺で、殺されたことも、わけがわからないと、いっているよ。とにかく、組とは、無関係だと、主張している」

「犯人探しをやろうとする様子はあるのか？」

と、十津川は、きいた。

「そんなことをしたら、警察にマークされるということで、犯人探しは、やらないと、決めたようだ」

と、中村は、いった。

十津川は、ほっとした。これで、S組から、例の四人の男女が、狙われる危険は、ないだろう。

狙うとしたら、花田と、彼に協力している人間だということになる。

上岡家を見張っていた西本と、日下の二人が、ワゴン車に乗って、上岡家の周辺を、うろうろしていた男を捜査本部に、連行してきた。

四十歳前後の痩せた男で、持っていた運転免許証と、名刺から、名前と、職業が、わかった。

〈私立探偵　有田《ありた》啓介《けいすけ》〉

「上岡健太郎の奥さんと、竹田美奈子の妹さんの二人を、監視したり、写真を撮ったりしていたね」

と、十津川は、有田を睨んで、

「誰に頼まれて、そんなことを、やってるんだ？」

「私には、守秘義務がある。依頼主の名前は明かせない」

と、有田は、いった。

「守秘義務ねえ」

と、亀井は、馬鹿にしたように、笑って、

「日本では、私立探偵の免許なんかないんだ。いわば、もぐりの仕事だろう。そんな奴が、守秘義務なんて、笑わせるんじゃない」

「私は、この道のプロだ。当然、守秘義務がある」

と、有田は、負けずに、いう。

「上岡健太郎と、竹田美奈子の二人が、南紀白浜で、殺されたことは、しっているね」

十津川が、いった。

有田は、黙っている。

十津川は、言葉を続けて、

「だから、これは、殺人事件の捜査なんだ。君の行動は、捜査活動を、邪魔していることになる。いや、それだけじゃない。君に、仕事を頼んだのは、上岡と、竹田美奈子を殺した犯人だと、われわれは、睨んでいる。つまり、君は、殺人犯のために、動いているんだ。いってみれば、殺人の共犯なんだよ。それでも、守秘義務を、いうのかね？」

「――」

「君に、仕事を頼んだ人間も、われわれは、見当がついているんだよ。『シーサイドホテル』の花田社長なんだろう？」

十津川が、いうと、有田は、ほっとした表情になって、

「なんだ。しってるんですか？」

「上岡家と、竹田美奈子のマンションを、監視して、いったい、何を、調べていたんだ？」

と、十津川は、きいた。

「どんな人間が、出入りするか、それを調べてくれと、頼まれたんです。できれば、写真を撮って、素性も、探れといわれましたよ」

と、有田は、いった。

「なるほどね。そんなところか」

「どうしたらいいんですかね？」

「何が？」

「今回の調査依頼については、すでに、前金をもらってしまっているんです。警察にいわれたんで、調査を中止したともいいにくいし――」

「仕事は、そのまま続けていいよ」

「依頼主への報告をしても、いいんですか？」

「報告は、控を取るんだろう？」

「まあ、そうですが――」

「じゃあ、向こうに、報告書を送る時、われわれに、見せてもらいたい。条件は、それだけだ」

「しかし――」

「その条件が、受け入れられないのなら、今、君を逮捕しなきゃならん」

「逮捕理由は、何ですか？」

「殺人の共犯だ」

「わかりましたよ。報告書は必ず、こちらに、見せますよ」

有田は、首をすくめるようにして、いった。

「万一、向こうへの報告と、ひと言でも違っていたら、殺人犯に協力したということで、即刻、逮捕するぞ」

と、亀井が脅した。

有田を、解放したあとで、亀井が、

「やっぱり、花田が、雇っていたんですね」

「金で解決できることは、すべて、金で、何とかしようとするつもりだろう」

と、十津川は、いった。

「『シーサイドビュー』を倒産させるのに、副社長の伊原と、経理係の有村晴子を、金で買収したんですかね？」

「そう思うが、今のところ、証拠はない。とにかく、高梨夫妻を含めて、生死も、はっきりしていないんだ」

十津川は、腹を立てていた。

「県警は、どこまで、調べてくれますかね？」

と、亀井が、いう。

その、和歌山県警から、翌日になって、電話が入った。

木村警部からである。いきなり、

「今日、高梨夫妻の死体が、三段壁の沖合いで、漁船によって、発見されたんです」

「三段壁というと、白浜の名所の――？」

「そうです」

「自殺の名所ともいわれているようですが」

「そういわれたこともあります。二人は、そこから、飛びこんだのではないかとも考えられます。二人は、お互いの体を、ロープで縛っているので、覚悟の心中ということもあり得ます。これから、司法解剖に回しますが」

と、木村は、いう。

「かなり、日数が、たっているんですか？」

「腐敗の状況から見て、六カ月以上、経過していると、思われますが、正確なことは、司法解剖の結果を見たいと思っています」

「半年以上というと『シーサイドビュー』が、倒産した頃ですね」

「それを悲観して、心中したということも、考えられます」

と、木村は、いう。

「しかし、あの倒産は、仕組まれたものだということが、考えられるようになってきたと、思いますが」

十津川は、東京で、調べたことを簡単に説明した。

「現に、花田に頼まれた私立探偵が、動き回っているし、高梨ゆう子は、花田と親しかったS組の渡辺志郎に、殺された可能性が、強くなってきたんです」

「よくわかります」

と、木村は、いったが、

「それには、何といっても『シーサイドビュー』の副社長だった伊原と、経理係だった有村晴子の証言が、必要です」

「二人は、見つかりそうもありませんか？」

「今のところ、まったく、足取りが摑めないのです。伊原副社長については、海外に逃亡したという噂もあるし、すでに、死んでいるという噂もあります」

「有村晴子のほうは、どうです？　ひょっとして、花田に、消されてしまっているんじゃありませんか？」

と、十津川は、きいた。

「かもしれませんが、私は、まだ、死んでいないと、見ています」

「何か、そう思う理由があるんですか？」

「彼女が『シーサイドビュー』の倒産劇に、一枚かんでいるとします。つまり、真相をしっているということになります」

「そうですね」

「多額の金をもらったことが、想像されます」

「殺された竹下可奈子こと、竹田美奈子は、その額を、一千万と、見ていたようですが——」

「一千万としましょう。『シーサイドビュー』が、倒産した時、なぜ、彼女は、その金を持って逃げなかったのだろうか？　また、どうして『シーサイドホテル』の経理係になったのだろうか？　これは、逆にいえば、なぜ、花田が、そんな危険な人間を、自分のホテルの経理の責任者にしたのだろうかという疑問が、出てきます」

「論功行賞か、さもなければ、危険な人間だから、自分の傍に置いて、監視しようと考えていたんじゃないかと、私は、思いますがね」

と、十津川は、いった。

「あり得ますが、私は、別の考えを、持っているんですよ」

「きかせて下さい」

「彼女の銀行口座を調べました。五百万が、二度にわたって、入金されています。これは『シーサイドビュー』倒産計画の前金と、成功したあとの報酬と、考えられますが、現金で、本人自身が預け入れているので、どこから出た金かは、わかりません。問題は、そのあとですが、毎月二百万ずつ、入金しているのです」

「『シーサイドホテル』の月給としたら、多すぎますね」

「しかし、彼女は、ほかに、何の仕事もやっていません。『シーサイドホテル』で、きくと、月給として、毎月、三十万円払っているというのです。これは、間違いなく、毎月、彼女の銀行口座に、振り込まれているのですが、そのほかに、毎月、二百万円を、どこからか、彼女は、もらっていたことになります」

「やはり『シーサイドホテル』からでしょう？」

「と、いうより、私は、花田個人からもらっているんだと思います。毎月、現金でです。花田は、否定していますが、私は、間違いないと思います」

と、木村は、いう。

「と、すると、彼女のほうから、売りこんで『シーサイドホテル』の経理係に、納まったということになってきますね」

十津川が、いう。

「そうなんです。花田には、弱味があるので拒否できない」

「なるほど」

「ただ、それだけなら、事故死に見せかけて、彼女は、とっくに、殺されてしまっていたろうと、思います。しかし、殺されなかった」

「保険をかけていた？」

「そうなんです。自分が死んだら、真相を書いた手紙が、警察に届くようになっている。友人に預けてある。そんな保険だと思います」

「あり得ますね」

「警察には、まだ、それらしい手紙は、届いていません。だから、私は、彼女が、生きていると、考えているのです。竹下可奈子を殺した彼女を、花田が、どこかに、かくまっているんだと思います。つまり、われわれにも、彼女を見つけ出す希望があるわけです」

と、木村は、いった。

4

高梨夫妻が、死体で、発見されたというしらせは、東京の捜査本部にも、衝撃を与えた。

まだ、殺人とも、心中ともわからないのだが、マスコミは、いっせいに、心中と、報じた。

〈シーサイドビューの元社長夫妻、倒産を悲観して、心中していた！〉

〈高梨社長の栄光と悲惨。ひとり娘も、殺されていて、これで、一家全滅か〉

そんな見出しが、新聞に、踊った。

シーサイドホテル社長の花田の談話というのも、載っていた。

〈高梨社長夫妻が、水死体で見つかったというしらせを受けて、深い悲しみを感じます。思えば、高梨社長は、私の遠い親戚に当たり、ホテル経営の先輩として尊敬し、いろいろと、そのノウハウを教えてもらいました。『シーサイドビュー』が、突然、倒産したとき、私は、微力ながら、援助したいので、何でも、いって下さいと、申しあげたのだが、人の助けを借りることを、いさぎよしとしない、昔気質の高梨さんは、自殺という道を選ばれてしまった。今は、ただ、ご冥福を祈るばかりです〉

「よくいうよ」

と、亀井が、読み終わって苦笑した。

高梨夫妻の司法解剖の結果を、木村警部がしらせてきたが、

「何もわかりませんでした」

「腐敗が、ひどすぎてですか？」

「そうです。正確な死亡時期もわかりません。溺死ということですが、自分から、海に飛びこんだためか、突き落とされたかも、わからないのです」

と、木村は、いう。

「これで、心中説が、力を得ますね」

と、十津川は、いった。

「それで、三日後に、花田社長が、葬儀委員長になって、盛大な葬儀が、おこなわれることに決まりました」

「花田社長が、委員長ですか」

「高梨夫妻のひとり娘のゆう子さんも、死んでいますから、花田が、委員長になっても、誰も、文句は、いわないでしょう」

「私も、いきます」

と、十津川は、いった。

十津川は、亀井と二人、南紀白浜に向かった。

白浜の泉水寺という寺で、午後二時から、おこなわれると、いう。

二人は、午前八時三五分羽田発のJAS381便に、乗った。

南紀白浜空港までは一時間十分の空の旅になる。

「花田が、委員長になって、高梨夫妻の葬儀をやるのは、罪滅ぼしのつもりですかね?」

亀井は、水平飛行に移ってから、十津川に、話しかけた。

十津川は、笑って、

「そんな殊勝な男とは、思えないね。もし、高梨夫妻が、殺されたのなら、犯人は、花田なんだから」

「では、何か、目的があってのことでしょうか?」

「そうだろう。その目的が、何なのか、わからないがね」

と、十津川は、いった。

午前九時四五分に、白浜空港に着く。

時間があるので、二人は、レンタカーを借り〈シーサイドホテル〉の周辺を、回ってみた。

ホテルの入口には〈高梨夫妻の葬儀のため、申しわけありませんが、休業させていただきます〉という貼り紙が、してあった。

十津川は、眉を寄せて、

「少し、大げさすぎやしないか」

と、亀井に、いった。

「そういえば、全国紙にも、今日の葬儀の広告が、出ていましたね。五大紙に、全部、載せているんです」

「普通なら、ひっそりと、やるものじゃないのか。何しろ、高梨夫妻は『シーサイドビュー』が、倒産したことを苦にして、心中したことに、表向きはなっているんだから」

「そうですね」

と、亀井は、ホテルに目をやって、

「従業員も、今日の葬儀に、かり出されているようですね。ひっそりとしていますから」

「何か、企んでいるんだ」

と、十津川は、いった。

南紀白浜の街のなかにも、いたるところに、葬儀のしらせが、貼ってあった。

〈高梨夫妻の葬儀は、泉水寺で、午後二時から、おこなわれます〉

ご丁寧に、泉水寺の場所を記した地図も、載っていた。

「まるで、白浜の街の全員に、きてもらいたいみたいですね」

亀井は、車を停めて、いった。

「自分が、いかに、高梨夫妻を、愛し、尊敬していたかを、日本中の人たちに、示したいのかな」

「『シーサイドビュー』の倒産について、花田は、疑われかけていますからね。その噂を、払拭しようと、必死なのかもしれません」

「それは、あるかもしれないな」

と、十津川も、うなずいた。が、それだけではないだろうという気もしていた。

JR白浜駅前のレストランで、二人は、昼食をすませてから、葬儀のおこなわれる泉水寺に向かった。

大きな寺だった。

寺の傍までいくと、県警の木村警部が、迎えた。

「お坊さんを、十人も呼んで、盛大にやるみたいですよ」

と、木村は、いった。

「さっき、祭壇を見てきたんですが、和歌山県知事から、政財界のお偉方の名前が、ずらりと並んでいます」

「なるほど」

「ここのテレビ局が、放送しますが、これは、花田が、手を回したんだと思います」

と、木村は、いう。

なるほど、テレビ局の中継車が、きていた。

午後二時に近くなると、参列者が、集まってきた。

寺の門の前には、人々を案内する数人の男女が、黒い喪章をつけて、並んだ。

「おかしいな」

と、木村が、呟く。

「何がですか?」

「あの案内係の男女ですよ」

「『シーサイドホテル』の従業員じゃないんですか?」

「そうなんです。しかし、あそこには『シーサイドビュー』が、倒産したあと、そこの従業員も、受け入れているんですが、なぜか『シーサイドビュー』の元従業員ばかりですよ。門のところにいるのは」

と、木村は、いう。

(そういうことだったのか)

と、十津川は、思った。

「この葬儀を、花田が、委員長になってやる理由が、わかりましたよ」

十津川は、木村に向かって、いった。

「自分の宣伝のためじゃないんですか?」

「それもあるでしょうが、花田は、例の『シーサイドビュー』を愛する者が、怖いんですよ。私の調べたところでは、あと、四人残っており、いずれも『シーサイドビュー』の常連だった、人たちです。その人たちを、花田は、この葬儀に、呼び寄せようとしたんだと思います。だから、やたらに、広告した」

「きますかね？」

と、木村が、きく。

「わかりませんが『シーサイドビュー』の常連だったのなら、従業員が、顔をしっているはずです。だから『シーサイドビュー』の元従業員だった男女を、門の前に、立たせているんだと思いますね。常連だった顔を見たら、すぐ、報告しろと、命じているんだと思いますよ」

「なるほど。そういうことですか」

と、木村が、苦笑する。

「あとで、花田に、会ってみたいですね」

と、十津川は、いった。

午後六時に、一応、葬儀が終わり、そのあとで、十津川と、亀井は、寺の控えの間で、花田に、会った。

「本庁の刑事さんが、なぜ、高梨夫妻の死に、興味を持たれるんですか？」

と、花田は、きいてから、自分で、答えを見つけたように、

「ああ、東京で、高梨ゆう子さんが、殺されたからですね」

「ほかにも、個人的な理由がありましてね」

と、十津川は、いった。

「どんな理由ですか?」

「私も、実は『シーサイドビュー』を愛する者のグループに入っているんですよ」

「――」

一瞬、花田の表情が、変わった。が、すぐ、笑い出して、

「それ、どういうグループなんですか?」

「文字どおりの意味ですよ。上田貢一郎という人と、竹下可奈子という女性が、相次いで殺されたでしょう。あの人たちも、私と同じ『シーサイドビュー』を愛する者のグループに入っていたんです」

と、十津川は、いった。

花田の表情が、今度は、険しくなった。

「冗談は、やめてくれませんか」

「どうして、冗談だと思うんです? 私も、あの二人も『シーサイドビュー』が、大好きだったんですよ。従業員のサービスはいい、オーナーの高梨さんも、立派な人でしたからねえ。私たちのグループには、ほかにも、何人もいるんで

す」

「何人いるんですか？」

花田は、窺うような目になった。

「気になりますか？」

「私の『シーサイドホテル』でも、ぜひ、ホテルを愛してくれるお客様のグループを、作りたいと思うので、参考までに、おききしているんですよ」

「それは、いい心がけだ」

亀井は、にこりともしないで、いった。

花田は、そんな亀井を、じろりと、睨んで、

「経営者としては、当然の気持ちでしょう」

と、十津川に、いった。

「高梨夫妻は、どうして、死んだと思いますか？」

十津川が、きいた。

「新聞にも出ていましたが、ホテルが倒産したショックからの心中だと思いますね。体も、弱くなっていらっしゃいましたから」

と、花田は、いう。

「殺されたとは、考えませんでしたか？」

「いや、そんなことは、ぜんぜん、考えませんでした」

「なぜです？」

「なぜって、殺される理由がありませんからね」

「われわれは、殺されたと、考えているんですよ」

十津川は、宣戦布告するように、花田に向かって、いった。

第六章　攻防

1

「高梨夫妻が、なぜ、殺されたなんて、お考えなんですか？　二人が、死んだことは、悲しいですが、あれは、前途を悲観しての自殺、つまり、心中だと、誰もが、思っていますよ」

花田は、ゆっくりと、いった。

「私の考えをきく気がありますか？」

と、十津川は、いった。

「いいでしょう。きかせて下さい」

「これは、私の個人的な考えなんですがね」

と、断ってから、十津川は、じっと、花田を見つめて、

「熱海で、ホテルを経営していた人間がいた。バブルがはじけて、経営が思わしくなくて、多額の借金を、作ってしまった。しかし、そのホテルを売却し、新天地の南紀白浜で、新しく、ホテルを開業しようと、考えたわけです」

「面白そうな話ですね」

「ところが、資金が、足りない。多額の借金があったので、ホテルを売却しても、彼の手元に残ったのは、五十億ぐらいのものだった。これでは、新天地で、ホテルを開業は、できません」

「それで、彼は、どうしたんですか？」

「南紀白浜で、ホテルをやって、成功していた親戚がいたんですよ。うまくはいっていたが、このホテルの社長は、病気がちで、入退院を、くり返していた。それで、男は、悪魔的な考えを、抱いたのです」

と、十津川は、続ける。

「悪魔的な考え？　どんな考えですか？」

「男は、そのAホテルの副社長と、経理係を買収することから、始めたんですよ。社長は、今もいったように、病気がちなので、副社長に、すべてを任せてい

ました。その副社長を、男は、買収したんです。Ａホテルは、改造費として、銀行に、二百億円の融資を頼みました。ホテルの経営が、うまくいっていたし、社長の人柄に惚れていた銀行は、二百億円を融資しました。ところが買収されていた副社長と、経理係は、そのほとんどを、男に渡してしまったのです。その金と、自分の金を使って、男は、Ａホテルの傍に、Ｂホテルを建てたのですな」

「――」

「Ａホテルのほうは、帳簿の操作で、二百億円を返済できずに、倒産してしまいました。今や、Ｂホテルが、Ａホテルの客まで、取りこんで、隆盛を、誇っています」

「――」

「Ａホテルの社長夫妻は、死にました。世間は、倒産を悲観しての自殺と思っているが、私は、違うと、思っています。Ｂホテルを建てた男が、真相がわかってしまうのを恐れて、心中に見せかけて、社長夫妻を殺した。そう考えています。そうなると、社長夫妻の娘も、目障りになってくる。そこで、男は、暴力団を使って、彼女を殺してしまった」

「ストーリーとしては、まあまあだと思います。あまり面白くありませんね。第

一、リアリティがない」
「リアリティがないのは、その男の行為が、あまりにも、あくどすぎるからだと思いますがねえ」

十津川は、そういって、笑った。

「それで、警部さんの考えたストーリーの結末は、どうなるんですか？」

花田は、十津川を見つめて、きいた。

「もちろん、逮捕されます。判決は、おそらく、死刑でしょうね」

「なぜ、すぐ、逮捕しないんですか？　その男を」

花田は、挑戦的な目で、十津川を見た。

「証拠がないのです。残念ながら」

「なるほど。それでは、話になりませんね」

「だが、私は、こう考えるのですよ。その男は、Aホテルの副社長と、経理係を買収して、Aホテルを、倒産させた。今、この副社長と経理係は、行方不明です。もし、この二人が見つかれば、この事件は、解決すると、思っているのです。なぜなら、金で、買収された人間なら、殺人容疑で、脅かされたら、すぐ、自供してしまうに違いないからですよ」

「しかし、二人が、見つからなかったら、どうするんですか？　その恐れもあるわけでしょう？」

「いや、その点は、楽観しています」

「なぜですか？　二人とも、すでに、国外へ逃げてしまっている可能性もあると、思いますがねえ」

「副社長のほうは、確かに、その恐れもあります。しかし、経理係のほうは、まだ、日本にいると、思っているのですよ」

「いやに、自信満々ですが、その理由は、何ですか？」

と、花田が、きく。

「この経理係は、女性で、Aホテルが倒産したあと、Bホテルの経理責任者になっているのです。おかしいと思いませんか？」

「どこが、おかしいんですか？」

「Aホテルを倒産させ、Bホテルを開業した男にとって、この経理係は、秘密をしっている、火ダネみたいな女ですよ。その女を、わざわざ自分のホテルの経理責任者として雇うのは、火薬庫を抱えるようなものです。だから、おかしいと思ったわけです。私の推理では、彼女が、男を、脅したのだと思います。私を雇わなければ、すべてを、ばらしてやるとです」

「なるほどね」

「彼女は、また、月給のほかに、毎月二百万円を要求しました。一筋縄ではいかない女なのですよ」

と、十津川は、いった。

「悪女ですね」

「だが、危険でもあるわけです。男は、冷酷な人間だから、いつ、彼女の口を封じようとするかわかりませんからね」

「なかなか、面白い」

「面白いでしょう。ところが、彼女は、まったく、怖がっていなかったのです。なぜなのか？」

「なぜなんです？」

「彼女は、保険をかけていたと思われるからですよ」

「保険？」

「こういう状況の時、弱いほうがよく使う手ですよ。自分にもしものことがあったら、すべてを書き記した手紙が、警察に届くようにしておく。これが、保険ですよ。彼女は、その保険に入っている。だから、Bホテルを建てた男も、彼女を、殺すわけにもいかず、高い手当てを払って、自分のホテルの経理責任者にせざるを得なかったんです」

「女は、恐ろしいですね。私は、そんな女に会ったことがありませんので、今日まで、無事にきていますが」

と、花田は、笑った。ちょっと、ぎこちない笑い方だった。

十津川は、構わずに「それで――」と、続けた。

「私は、彼女が、生きていると、考えているのです。海外にも出ていない。海外で、殺されなくても、事故死したら、問題の手紙は、警察に送られてしまう。それで、男は、自分の手の届くところに、彼女をかくまっていると、私は、思っているのですよ」

「理屈としては、そうでしょうね」

花田は、わざと、他人事《ひとごと》みたいに、いう。

「私は、こういうことを、期待しているんです。彼女は、すべてを告白した手紙を書き、それを、信用できる人間に、託した。ここまでは、花田さんも、同意なさるでしょう?」

十津川は、同意を求めるように、花田を見た。

花田は、どう相槌を打ったらいいか、わからないという感じで、

「それは、まあ――」

「私が、死んだら、この手紙を、警察宛てに送ってくれといってです。これは、こうした保険の場合の常識です」

「――」

「手紙を託された友人は、じっと、構えていると思いますよ。彼女が、死んだというしらせを受けたら、すぐ、託された手紙を投函しようとしてです」

「――」

「それで、私は、こんなことも、考えているんです。もし、彼女が、死んだというデマが飛んだら、どうだろうかと」

「デマ?」

「そうです。その場合でも、手紙は、投函されるのではないかとね。例えば、彼女と同じくらいの年齢の身元不明の死体が、見つかったとする。もし、その女を、彼女だと、発表したら、どうなるか考えたんですよ。おそらく、問題の手紙は、すぐ、ポストに、投函されるでしょうね。あとになって、彼女ではなかった

となっても、もうあとの祭りです。われわれ、警察としては、とにかく、問題の手紙が、手に入ればいいんです」

「私を、脅かすんですか？」

「え？　なぜ、あなたが、心配するんです？」

十津川は、花田に向かって、笑って見せた。

花田は、慌てて、

「私は、別に、心配していませんよ。ただ、警察が、そんな法律を破るようなことをしてもいいのかと、思ったものですからね」

「そうでしょうね。別に、あなたのことを、話しているわけじゃないんです。しかし、私は、信じているんですよ。彼女が死んだという噂が流れれば、必ず、彼女の手紙が、警察に送られてくるとです。さらに、もう一つ、私の考えをいっておけば、彼女が、死んだという噂を流すことだって、必要とあれば、するつもりですよ。何しろ、殺人事件の解明のためですからね」

「しかし、警察が、そんなことをするのは許されないんじゃありませんか？　それこそ、悪徳警官そのものじゃないですか？」

花田が、険しい目で、文句を、いった。

「もちろん、私は、責任を取りますよ。懲戒免職でも構わない。それで、殺人事件が解決し、犯人を刑務所に送りこめるのなら、満足ですからね」

と、十津川は、いい返した。

「もし、彼女が、そんな手紙を、書いてなかったら、どうするんですか？」

と、花田が、いった。

十津川は、笑った。

「私は、昔から、楽観主義者なんですよ。だから、彼女は、今でも、生きていると考えているし、保険の手紙を、誰かに、預けていると、思っているのです」

「私なら、そんな手紙は、ないと、思いますがね」

と、花田は、いう。

「そこは、考えの違いですね。私はね、今もいったように、身元不明の女性の死体が、見つかったら、彼女の死体だと、発表するかもしれません。どうも、その誘惑に勝てそうもないのです」

と、十津川は、いった。

「架空の話は、私には、興味がありません。もう、失礼しますよ」

花田は、会話を打ち切って、自分の車に向かって、歩いて、いった。

2

「花田と、警部の会話は、面白かったですよ。最後、花田は、逃げ出したんじゃありませんかね」

と、亀井が、笑った。

「話している間に、次第に、花田が、怯えてくるのを感じたよ。まず、間違いなく、花田は、有村晴子を、どこかに、かくまっているよ。たぶん『シーサイドビュー』の副社長もだ」

「花田は、有村晴子と、副社長を、買収して、二百億円を、横領し、自分のホテルを建てた。と、すると、警部のいわれるように、この二人が、告白すれば、彼は、それで、終わりですよ」

「そうだ。終わりなんだ。普通に考えれば、自分にとって、危険な存在の人間は、すべて、口を封じたいと思うだろう。だが、これまで、二人の死体は、見つかっていない。と、いうことは花田は、二人を殺したいと思っても、殺せない理由が、あるんだよ」

「それが、保険ですか？」

「そうだ。副社長のほうは、保険をかけているかどうか、わからないが、有村晴子のほうは、間違いなく、保険をかけていると、思っている」

「そういえば、花田は、慌てていましたね。警部が、身元不明の女が出たら、有村晴子だと噂を流してやるといったら、明らかに花田は、びびっていましたね。警部の嘘がわからなかったみたいで」

と、亀井が、いう。

「私は、嘘をついたわけじゃない」

「え？」

亀井が、驚く。

「私は、どうしても、花田の犯行を証明できない時は、嘘をついてでも有村晴子の手紙を、手に入れるつもりだよ」

と、十津川は、いった。

「警部が、本気だったので、花田が、びくついたのかもしれませんね」

亀井が、いい変えた。

「これで、少しは、花田が、動揺するだろうと期待しているんだよ」

十津川が、いった時、彼の携帯電話が、鳴った。

東京からだった。

「今日、井上弘という男から、警部に、電話がありました」

「井上弘？」

と、十津川は、きき返してから、それが、例の七人の名前のなかにあったのを思い出した。

「私に、どんな用があるんだ？」

と、十津川は、きいた。

「話したいことがあると、いっていました。明日の午後、もう一度、電話してくると、いっていました」

「わかった。すぐ、東京に戻る」

と、十津川は、いった。

彼は、亀井に、向かって、

「君は、もう二、三日、ここに残って、県警と一緒に、花田の様子を、見張っていてくれ。私は今日中に、東京に、帰る」

「井上弘というのは、例の七人のひとりですね」

「そうだ。向こうが、私に、話したいことがあると、いっているそうだ。私も、ききたいことがあるんでね」

と、十津川は、いった。

すでに、南紀白浜空港から、東京への飛行機便はなくなっていた。

十津川は、一刻も早く東京に戻りたかったので、列車で、名古屋に出て、名古屋から、新幹線に、乗ることにした。

東京に、戻ったのは、深夜に近かった。

捜査本部にいき、西本刑事から、電話のことを、きいた。

「中年の男の声でした。ひどく、緊張した様子でした」

と、西本が、いう。

「私も、ぜひ、井上という男に、会って、話をしてみたいんだよ」

と、十津川は、いった。

翌日の午後になって、井上弘から、電話が入った。

会いたいというので、捜査本部近くの喫茶店を、十津川が、いった。

午後二時に、十津川は、ひとりで、出かけた。

向こうは、先にきていた。

井上は、ひとりではなく、三十七、八歳の女性と一緒だった。

背の高い、五十歳くらいに見える井上は、

「井上です。こちらは、剣持美佐子さんです」

と、自己紹介した。

「本名は、違うんでしょうね」

「多少、違いますが、今日は、井上弘と、剣持美佐子としておいて下さい」

と、井上は、いう。

「それで、何の用ですか？」

「われわれのことを、警察は、いろいろと、調べられたんでしょうね？」

「『シーサイドビュー』が、盛んだった頃、あなた方六人が、高梨社長と親しく、VIP待遇だったことと、あなた方の仲間の二人が、南紀白浜にいき、亡くなったことは、しっています」

と、十津川は、いった。

「実は、われわれは、何とかして『シーサイドビュー』倒産の真相を明らかにしたいと、思っているのです。突然の倒産を、われわれは、信じられないからです。これには、何か裏があると、思い、われわれの仲間の上田と、竹下可奈子の二人が、南紀白浜に乗りこんでいったのですが、二人とも、亡くなってしまいました。それで、われわれの疑いは、一層、濃くなっていったのです」

「高梨ゆう子さんも、東京のホテルで、殺されてしまいましたからね」

「そうです。ただ、どうしていいか、わかりませんので、じっと、様子を窺っていたのですが、われわれのことを、中年の男が、調べ始めました」

「それは、有田啓介という私立探偵です。『シーサイドホテル』の花田社長に頼まれて、あなた方の様子を調べて、報告しているのです」

と、十津川は、いった。

「やっぱり、花田の仕かけですか」

「そうです。それで、お二人は、どうするんですか?」

「明日、二人で、南紀白浜にいくつもりです。仲間の二人が、南紀白浜で、殺されました。その遺志を、無駄にはできませんのでね」

「危険ですよ」

と、十津川は、脅しでなく、いった。

「わかっています。もし、われわれが、殺されたら、最後の二人が、いくことになっています」

「なぜ、そこまで、やるんですか？」

十津川は、二人にきいた。

「それだけ『シーサイドビュー』が、素晴らしかったし、高梨社長の家族も、いい人たちだったということですわ」

と、剣持美佐子は、いった。

「私も『シーサイドビュー』が、盛んだった頃、いってみたかったですね」

と、十津川は、いってから、

「向こうへ、いって、どうなさるつもりですか？」

と、きいた。

「上田さんと、竹下可奈子さんの二人は、向こうへいって、経理係の女を、脅したときいています。二人でいって、向こうは、動揺し、二人を、殺してしまったんです。私たちは、二人でいって、今度は、花田社長を、脅してやろうと思っているんです。私たちの見たところ『シーサイドビュー』の倒産劇の主役は、花田だと思いますからね」

「殺されるかもしれませんよ」

「私たちが、殺されたら、最後の二人が、いくことになっています」

井上は、別に興奮している様子も見せず、十津川に、いった。

「それで、私に、用というのは？」

「警察が、花田について、調べたことを、教えていただきたいんです。何もわからずにいくよりも、力になると思いますから」

と、井上は、いう。

「捜査でしり得たことは、漏らしてはならないと、いわれています。しかし、今回は、特別だから、例外としましょう」

と、十津川は、いった。

十津川は、自分が、今回の事件の捜査を担当したことから、南紀白浜で、わかったことを、二人に、説明した。

「花田が『シーサイドビュー』の副社長と、経理係の有村晴子の二人を買収して、始まったんだと、私は、思っています。『シーサイドビュー』の倒産劇を作ったのは、この三人だと、思っています。それから、東京の暴力団の幹部、渡辺志郎が、それを手伝ったと、思っているのです。東京で、高梨ゆう子さんを殺したのは、この渡辺志郎だと見ています」

「花田たち三人を、なぜ、逮捕できないんですか？」

と、井上が、きく。

「決定的な証拠が、ありません。また、渡辺志郎は、青岸渡寺で、殺されてしまいました。この犯行には、あなた方が、関係していると、私は見ていますが、それも、証拠は、ありません」

十津川は、いった。

「高梨ご夫妻も、死んでしまいました」

「あれも、花田が、殺したと、思っています」

「それも、証拠がない？」

「そのとおりです」

「花田の弱みは、ないんですか？」

美佐子が、腹立たしげに、眉を寄せて、きく。

「まず、有村晴子のことがあります」

と、十津川は、いった。

彼女は、花田にかくまわれているに違いないこと、そして、保険のことを、井上たちに、話した。

「保険――ですか。面白いことを、ききました」

と、井上が、いう。

「駄目ですよ」

と、十津川は、いった。

「駄目って、何のことですか?」

「今、あなたは、有村晴子を、殺してしまえばいいんだと、思ったでしょう。それは、駄目だというんです。殺人はいけません」

「参ったな。なぜ、わかったんです?」

と、井上が、きく。

「実は、私も、同じことを、考えたからですよ」

と、十津川は、笑いながら、いってから、

「私はね、あなた方を、殺人罪で、逮捕したくないんですよ」

「しかし、私も、美佐子さんも、覚悟を決めて、南紀白浜へいくんです。先にいった上田さんと、竹下可奈子さんは、殺されました。だから、死を覚悟していますす。花田たちと、刺し違えてもいいと思っているんです。向こうが、汚い手を使うのなら、こっちも、同じように、汚い手を使おうと、美佐子さんと、話し合ったんです」

「お気持ちは、わかりますが、そうしたら、あなたも、敗者ですよ」

と、十津川は、いった。

「今日は、お説教をききにきたんじゃないんです。私たちは、南紀白浜に、戦いにいくんです。戦う以上、勝つことに、全力を、あげるつもりです」

「私だって、あなた方に、勝ってもらいたいですよ。しかし、卑怯な真似はしてもらいたくないんです」

と、十津川は、根気よく、いった。

これ以上、死者は、出したくなかったのだ。

二人と、最後まで、意見が合わずに、わかれると、十津川の携帯電話に、私立探偵の有田啓介が、かけてきた。

「南紀の花田社長に、報告するときには、そちらへも、しらせろと、いわれたので、電話しました」

と、有田は、いった。

「何を、花田に、報告するんだ？」

「男女の二人連れが、南紀白浜へいくはずだということです。二人の写真も撮りましたから、その写真も、送るつもりです」

と、有田は、いう。

「二人の名前も、わかっているのか？」

と、十津川は、きいた。

「井上という男と、剣持美佐子という女です。本名かどうか、わかりませんが」

「もう、花田に、しらせたのか？」

「まだです。十津川さんの許可を得てから、報告したいと、思いまして」

「そうだな——」

十津川は、考えた。

井上と、美佐子の二人は、先にいって殺された二人と、同じことをするだろう。

〈シーサイドホテル〉に泊まり、わざと倒産した〈シーサイドビュー〉のことを褒める。有村晴子のことも、きいて回るかもしれない。

花田に、すぐマークされるだろうが、それが、井上たちの狙いでもあるはずなのだ。

と、すると、有田が、花田にしらせても、しらせなくても、同じなのだ。

「いいから、君が、調べたとおりのことを、花田に報告しなさい」

と、十津川は、いった。

3

何かが、動き始めているのだ。

十津川は、捜査四課の中村と会った。

「S組は、渡辺志郎が、殺されたことで、犯人探しは、やらないと、いっていたね」

「そうだ。渡辺と、組とは、無関係だと、主張しているよ。警察に、マークされるのが、いやなんだ」

と、中村は、いった。

「君から、もう一度、花田のために、動くなと、釘を刺して、おいてくれないか。もし、動いたら、殺人容疑で捜索すると、いっておいてくれ」

と、十津川は、いった。

そうしておいてから、翌日、十津川は、また、南紀白浜に向かった。

十津川は、新幹線と、紀勢本線を利用して、南紀白浜に向かった。

ＪＲ白浜駅には、亀井が、迎えにきていた。

「県警と一緒に、有村晴子を、捜しているんですが、まだ、見つかりません。『シーサイドビュー』の副社長もです」

と、亀井は、いう。

「今日、例の六人のうちの二人が、白浜にくることになっている」

十津川が、いうと、

「そういえば、午後二時に、中年の男女が『シーサイドホテル』に、チェックインしています。その二人が、そうでしょう」

「相当の覚悟をして、二人は、乗りこんできているはずだ」

「面倒なことになりそうですね」

亀井が、眉をひそめる。

「ああ。だが、この二人は、それを望んでいるんだ」

「前にやってきた上田と、竹下可奈子の敵討ちのつもりなんですか？」

「それもあるだろうし『シーサイドビュー』倒産の真相を、しりたいという願いも、あるんだと思う」

と、十津川は、いった。

二人は、タクシーで〈シーサイドホテル〉に向かった。

今日も、海は、穏やかで、コバルトグリーンに、染まっている。平和な光景である。だが〈シーサイドホテル〉のなかに入ると、気のせいか、ぴりぴりしている感じだった。

フロントで、部屋のキーをもらったが、すぐには部屋には入らず、二人は、しばらく、ロビーにいた。

「有村晴子だがね。花田の目の届く場所に、かくまわれていることは、間違いないんだ」

と、十津川は、いった。

「彼女のいきそうな場所は、すべて、調べましたが、見つかりません」

「南紀白浜は、すべて、調べたのか？」

「そうです。あとは、花田の邸だけです」

「どこにあるんだ？」

「この白浜の高台にあります。空港の近くです。五、六百坪はある大きな邸です」

「そこに、かくまわれているのかな？」

「私は、そう思うんですが、確証もなしに、踏みこむわけには、いきません。何といっても、花田は、この南紀白浜では、名士で、通っていますから」

と、亀井は、いった。

「監視はつけているんだろう？」

「県警が、監視してはいますが――」

「何の動きもなしか？」

「そうです」

「花田に、もう少し、圧力をかけてみるかね」

と、十津川は、いった。

二人は、最上階にある社長室に、花田を、訪ねた。

「今度は、どんなお伽話をして下さるんですか？」

と、花田は、からかうように、十津川を見、亀井を見た。

「失踪した有村晴子のことなんですがね」

と、十津川は、いった。

「どこかで、死体が、見つかったなんて嘘をいうんじゃないでしょうね？」

「いや。違いますよ。花田さんの自宅に、かくまわれているらしいという噂をきいたんです」

「そんな噂を、信じるんですか？」

「もし、この噂が事実だとすると、大変なことだと、思いましてね。有村晴子は、竹下可奈子殺しの容疑者なんです。万一、あなたの邸にかくまわれているとすると、犯人をかくまった罪で、あなたを、逮捕しなければ、いけないのですよ。私としては、南紀の名士のあなたを、そんなことで、逮捕したくない。だから、もし彼女があなたの邸に隠れているのならすぐ、警察に、出頭するように、説得して下さい。お願いします」

と、十津川は、いった。

花田の表情が、こわばった。

「十津川さんも、平気な顔で、心にもないことを、いいますねえ」

「いいましたか？」

「本当は、私を逮捕したくて、うずうずしているんでしょう。それなのに、逮捕したくないという」

「どうなんですか？」

「何がです？」

「有村晴子のことですよ。あなたの広い邸のどこかに、隠れているのだったら、今もいったように、すぐ、出頭するようにいって下さい。われわれが家宅捜索をしないうちにです」

と、十津川は、いった。

「私の邸を、家宅捜索する気なんですか？」

「そうです。有村晴子が、あなたの邸にいるという報告が、ありますから」

十津川は、ちょっと、嘘をついた。

「私の家には、誰もいませんが、念のために、もう一度、調べてみますよ。もし彼女がいたら、警察に出頭するように、説得しましょう」

と、花田が、いった。

「ぜひ、そうして下さい」

「今日帰って調べて、明日、あなた方に、ご報告しますよ」

と、花田は、いう。

「明日ですか」

十津川が、いった時、社長室に、若い女性が入ってきた。

秘書だろう。

十津川と、亀井に、軽く会釈してから、花田の傍にいき、小声で、何かいった。

「誰?」

と、花田が、きき返す。

「井上弘さんと、剣持美佐子さんと、おっしゃっています」

と、いう女性秘書の声が、きこえた。

十津川は、思わず、亀井と、顔を見合わせた。

「一階のティールームに待たせておいて。すぐいく」

と、花田は、女性秘書に指示し、十津川に向かって、

「急用ができましたので、失礼します」

と、いって、立ちあがった。

十津川と、亀井は、廊下に出た。

「井上と、剣持は、何をする気ですかね?」

と、亀井が、きいた。

「二人は、敵を討つつもりなんだ。『シーサイドビュー』の高梨社長夫妻や、娘のゆう子や、それに、仲間の上田や、竹下可奈子のだよ」

と、十津川は、いった。

「危なっかしいですね」

「ああ。だが、私には、止められなかった。二人が、死ねば、最後の二人が、また、ここに、やってくるはずだ」

「今回の二人は、何をするつもりなんですかね？」

「花田を、呼んだところを見ると、面と向かって『シーサイドビュー』が、倒産した時の事情を、きこうというのじゃないかね。それに、姿を消したままの有村晴子のことも、きくんだと思う」

「花田が、本当のことを話すとは、思えませんが」

「そりゃあ、いわないだろう。有村晴子についても、どこにいるか、しらないと、いうに、決まっている」

「それで、終わりですかね？」

「いや、私は、二人に会っているが、並々ならぬ決意で、この南紀白浜にきているはずだ」

「しかし、事件を調べるにしても、何の力も、彼等には、ありませんよ。だから、われわれ警察に任せておけば、いいと思いますがねえ」

と、亀井が、溜息まじりにいう。

十津川は、小さく、手を横に振って、

「それは、カメさんの間違いかもしれないよ。二人は、民間人だから、われわれみたいに、規則に縛られずに、どんな無茶でもできる特権を持っているんだ」

と、いった。

十津川と、亀井は、一階ロビーまで、おりていった。

大型ホテルらしく、広いロビーには、宴会場から、お土産物コーナー、ラーメン店まである。

その一番奥に、ティールームがあった。

花田が、井上、美佐子の二人と、向かい合って話しているのが見えた。

話し声は、きこえてこない。

十津川と、亀井は、ティールームまで歩いていき、彼等から離れたテーブルに、腰をおろした。

時々、花田が、大声を出すが、また、すぐ、静かな会話になる。

一時間近く話していて、花田が、最後に、急に立ちあがって、ティールームを出ていった。

井上と、剣持美佐子の二人は、十津川たちに気づいて、寄ってきた。

二人は、改めて、コーヒーを注文した。

「花田が、時々、怒鳴っているようでしたが、何か、向こうの気に障るようなことを、いったんですか？」

と、十津川は、きいてみた。

井上は、小さく笑って、

「どうせ、喧嘩になるんだからと思って、思い切り、いってやりましたよ。『シーサイドビュー』の高梨社長夫妻を殺して、倒産させ、自分のホテルを建てたんだろうとか、よく、ぬけぬけと平気で、社長をやっていられるね、とかね」

「花田の反応は？」

と、亀井が、きいた。

「最初は、苦笑していましたがね。とうとう途中から怒り出して、名誉毀損で、訴えてやると、いってましたよ。私は、ぜひ、告訴して下さいっていったんです。裁判ざたになれば、向こうの尻尾を、摑まえられるかもしれませんからね」

井上は、やたらに、勇ましかった。

「あなたは、どう思いました？」

十津川は、視線を、剣持美佐子に、移した。

「私は、竹下可奈子さんを殺したと思われている、経理係の有村晴子について、ききました。どこにいるのか、本当は、しっているんじゃないか。犯人をかくまっているんじゃないかとか、きいてみたんですよ」

と、美佐子が、いう。

「もちろん、花田社長は、否定したでしょう？」

「ええ。自分も、探している。見つけたら、すぐ、警察に突き出すつもりだと、いっていましたわ。でも、目がね」

「目が、どうかしたんですか？」

「落ち着きがないんです。有村晴子が、あの社長の弱点だと、思いましたわ」

と、美佐子は、いう。

「やっぱり、そうですか」

「あの花田社長の家を家宅捜索したら、どうなんですか？」

井上が、睨むように、十津川を見た。

「今は、駄目です。彼が、有村晴子を、かくまっているという、相当強い疑いがなければ、家宅捜索は、できません。例えば、有村晴子が、花田の家に入るのを見たという目撃者が、いるとかね。今は、それがありません」

「駄目ですか？」

「明日、よく調べて、しらせると、花田は、私にいっていましたが、彼女がいても、いないというに決まっています」

と、十津川は、いった。

「そうですか。駄目ですか」

井上は、そんな言葉を繰り返していたが、急に美佐子を促して、立ちあがった。

4

その日の夜、十二時を回った頃、十津川に、電話があった。

「県警の木村です。今、花田社長の自宅に、泥棒が入ったという一一〇番がありまして、これから出動ですが、十津川さんも、こられませんか？」

「もちろん、いきます」

と、十津川は、答えた。

県警が、回してくれたパトカーに、二人は乗りこみ、南紀白浜空港近くにある花田の自宅に向かった。

五百坪の邸宅である。

その前に、一台、二台と、パトカーが、集まってきた。

十津川たちも、車から降りると、邸のなかに飛びこんでいった。

だが、邸のなかは、ひっそりしていた。

パジャマ姿の花田が、出てきて、

「何の真似ですか？」

と、食って、かかった。

「こちらから、一一〇番が、あったんですよ。泥棒が入ったというしらせです」

県警の刑事のひとりが、いった。

「うちから、一一〇番した覚えはないがね」

「いや、こちらから、電話があったことは、間違いないんです」

「そんな馬鹿な！」

と、花田が、怒鳴ったとき、急に二階で、ドーンという大きな音がした。

「何なんだ！」

花田は、傍にいた若い男に、きく。

「わかりません」

男も、首を振る。

「二階に泥棒がいるんじゃありませんか？」

県警の刑事がいい、どやどやと、玄関からあがっていった。

十津川と、亀井も、そのあとに、続いた。

また、二階で、大きな音が、きこえた。

県警の刑事たちが、階段を、駆けあがっていく。

「カメさん。ほかの部屋を捜そう」

と、十津川は、小声で、亀井に、囁いた。

「ほかの部屋ですか？」

「有村晴子が、いないか、それを、調べるんだ」

と、十津川は、いった。

花田も、二階にあがっていった。

そのすきに、十津川は、亀井と、一階の部屋を、片っ端から、捜してみた。

どこにも、有村晴子は、いなかった。最後に、二人は、二階に、あがっていった。

県警の刑事たちが、ひとりの男を逮捕していた。

（あっ！）

と、十津川が、声を出しそうになったのは、その男が、井上弘だったからである。

花田は、黙って、井上を睨んでいた。

井上は、十津川に向かって、にやっと、笑って見せた。

（やりましたよ）

と、その顔は、語っていた。

県警の木村警部は、これを、チャンスとばかり、花田に向かって、

「あなたも、皆さんも、部屋の品物に、触らないで下さい。今、鑑識がきて、指紋の検出をしますから」

「なぜ、そんなことをしなければならないんですか？　犯人は、捕まったし、見たところ、何も盗まれていませんからね」

と、花田が、抗議した。

十津川が、それに対して、

「共犯がいたかもしれないんですよ。だから、犯人が捕まったからいいというの

は、駄目です。それに、この犯人は、爆発物を使っています。それも、調べなければ、なりません」

「花火ですよ。花火を使ったんです。単なるいやがらせです」

「どうして、いやがらせだと、わかるんですか？」

「あの男は、今日、ホテルのほうに、私に会いにきたんです。私が、冷たく、あしらったものだから、いやがらせに忍びこんできたんです」

「それなら、女性が一緒だったでしょう？」

「ええ。まあ」

「それだと、共犯がいるわけですよ。花火で、われわれの注意を引きつけておいて、共犯が、盗んだものを持って、逃げた可能性が、大いにありますよ」

と、十津川はいい、県警の木村に、

「これは、大変な捜査になりますよ」

と、いった。

木村も、それに、応じて、

「とにかく、大胆不敵な犯人です。二階で花火を鳴らし、その隙に、共犯を逃がしているんですから、徹底的な、捜索が、必要です」

「この家の主人は、私ですよ。私が、何でもなかったといっているのに、調べるんですか?」

と、花田が、文句を、いう。

「これは、警察の仕事なんです。邪魔はしないでいただきたい」

木村は、強く、花田に、いった。

鑑識が、ぞろぞろ、家のなかに入ってきた。

フラッシュが、焚かれ、一階、二階のあらゆる部屋を、刑事たちが、調べ始めた。

花田は、憮然とした顔で、見守っていたが、そのうちに、弁護士を、電話で、呼んだ。

十津川と、亀井も、そんな騒ぎのなかで、部屋を見て回った。

邸のなかに、有村晴子が、いないことは、わかった。

ほしいのは、彼女が、どこにいるか、どこにかくまわれているかの手がかりだった。

花田が呼んだ松野《まつの》という弁護士が、やってきた。が、彼も、花田に、小さく、首を横に振って見せた。

警察の捜査を拒否することは、できないといったのだろう。

刑事たちの捜査が終わったのは、夜明け近かった。十津川と、亀井の二人も、邸中を捜し回ったが、有村晴子への手がかりらしきものは、見つからなかった。

二人は、諦めて、邸の外に出た。

少しずつ、周囲が、明るくなってくる。

二人は、小さく、伸びをした。

「せっかく、井上が、泥棒をやって、警察を呼んでくれたのに、何も、見つかりませんでしたね」

亀井は、残念そうに、いった。

「一一〇番したのも、井上自身だろうね。わざと、警察を呼んだり、二階で花火を爆発させたりして、われわれに、邸のなかを、調べさせたんだろうが、残念だった」

と、十津川も、いった。

「しかし、ある面で、井上については、ほっとしてるんです。とにかく、しばらく、彼は、白浜警察署に、留置されるでしょうから、殺されなくて、すみます」

「そうだな。ただ、もうひとりいるよ」

「剣持美佐子ですか。彼女も、何かやるつもりですかね？」

「その気で、二人は、白浜にきているんだと思っている」

と、十津川は、いった。

「何をやる気でしょうか？」

「わからないが、思い切ったことをしそうな気がして仕方がないんだ」

「その前に、われわれで、事件の解明をしたいですね」

「それには、何としても、有村晴子を、見つける必要がある。花田が、彼女と、副社長を買収して『シーサイドビュー』を倒産させたと思うんだが、証拠がない。その証拠を握っているのが、彼女だからね」

「しかし、どこにいるんでしょうかね。結局そこに、いってしまうんですが」

亀井が、周囲を見回した。

「この白浜の街のなかにいることは、間違いないと、私は、思っているんだがね」

と、十津川も、周囲を見回した。

「花田の目の届く範囲だということは、まず、間違いないと、思うんですが」

「その点は、同感だよ。だから、白浜の街のどこかだろうと、思っているんだよ」

「しかし、花田は、もともと、熱海で、ホテルをやっていた男です」

「そうだ。白浜では、他所者《よそもの》だよ」

「それなら、彼が、信用して、彼女を預けられる人間はいないと、思いますが」

「そうだな。何かを頼むとすれば、金を使ってだろうが、自分の生死を握る人間を、金を使って、預けるとも思えない」

「すると、熱海に、かくまっているのではないですかね？」

「花田は最近、一度も、熱海には、いっていないんだ。もし、熱海に、かくまっているのなら、心配で、何度かいっているはずだよ」

と、十津川は、いった。

あくまでも、この白浜だという確信は、変わっていなかった。

「カメさん」

と、十津川は、間を置いて、

「手紙を隠すのなら、手紙のなかにという言葉が、あったね」

「誰かのミステリーでしょう。それが、今回の事件と、何か、関係がありますか？」

「いや、直接関係ないんだが『シーサイドホテル』の隣にある『シーサイドビュー』だがね」

「倒産して、今は、閉館されていますが」

「だが、管理人はいるわけだろう？」

「ええ。いますよ。不用心ですからね」

「所有権は、今、どこが、持っているんだろう？」

「銀行が、抵当権を持っているはずです」

「それを、詳しくしりたいね」

「どうしてですか？」

「ひょっとすると、今、閉館されている『シーサイドビュー』のなかに、有村晴子は、隠れているんじゃないかと、思ってね。『シーサイドビュー』の副社長もだよ」

と、十津川は、いった。

「私は、銀行へいって、調べてきます」

「私は『シーサイドビュー』を、見てこよう」

と、十津川は、いった。

5

白浜の温泉街にいき、二人は、朝食をとってから、十津川は、亀井とわかれて〈シーサイドビュー〉の建物を、見にいった。

ひっそりと、静まり返った、巨大なビルは、昼間でも、不気味に見える。

十津川は、閉まっている入口に近づき、ガラスドア越しになかを覗きこんだ。

しばらく、覗いていたが、人の気配はない。

ただ、横の駐車場には、数台の車が駐まっていた。どうやら、駐車場だけは、現在のホテルの所有者が、貸駐車場として、使っているらしかった。

十津川は、駐車場のなかに入っていった。

隅に、プレハブの管理人室が、できていた。

ドアを叩くと、六十歳くらいの男が、顔を出した。十津川は、警察手帳を見せて、

「この駐車場の管理をやってるんですか？」

と、きいてみた。

「両方、やっていますよ」

と、男は、いう。

「両方って？」

「この駐車場と、向こうの建物の管理も、頼まれてるんですよ。ホームレスなんかが、入りこんで、火事を起こしたら、大変だからね」

と、男は、いった。

「ひとりで、大変ですね？」

「いや、二人で、交代でやってます」

「誰の依頼で、やってるんですか？」

「あのビルの所有者ですよ」

「何という会社？」

「シーサイドビュー再建委員会かな。そこが、私らを雇っているんですよ」

「銀行じゃないの？」

「私は、ただ、雇われてるだけだから」

と、男は、いった。

十津川が、もう一度、駐車場に出て〈シーサイドビュー〉の建物を、見あげていると、亀井が、やってきた。

「調べてきました。銀行が抵当権を設定していますが、今は、シーサイドビュー再建委員会が、管理を頼まれているそうです」

と、亀井が、いった。

「その構成は、どうなってるんだ?」

「これが、その委員の顔ぶれです」

亀井が、リストを見せる。

十津川は、目を通した。

「あの花田が、委員長かね」

「そうです。ゆくゆくは、花田が、借金を返し、自分の力で『シーサイドビュー』を再建すると、いったそうで、銀行も、それに、賛成したようです。今は、売りたくても、売れませんからね」

「ほかの顔ぶれは、白浜の名士みたいだね」

「そうです。『シーサイドビュー』を、懐かしむ人たちが集まって、再建委員会を作り、花田が、その委員長になっているわけです」

「とすると、この建物の鍵は、全部、花田が預かっているんだな?」

「そうです」

「すると、出入りは、自由か？」

「そうなりますね」

「と、すると、このビルのなかに、有村晴子を、かくまっていても、おかしくはないんだ。携帯を持たせておけば、連絡は、自由だしね」

「なかを、調べてみますか？」

「管理人に、鍵を借りよう」

と、十津川は、いった。

二人は、管理人に会って、ビルのマスターキーを借りたいと、いった。

「花田社長さんの了解を得ませんと」

と、管理人は、いう。

「私が、あとで、断っておきますよ」

十津川が、いい、渋っている管理人から、マスターキーを受け取ると、二人は、ビルの正面に回った。

（果たして、このなかに、有村晴子は、隠れているのだろうか？）

第七章　対決と結末

1

二人は、ビルのなかに入っていった。

倒産して、間もないせいか、ビルのなかは、意外に、綺麗だった。

調度品が、失われているので、がらんとしてはいるが、このホテルが、盛んだった時の美しさは、ところどころに、残っていた。

部屋の明りも点く。

エレベーターは、動かなかった。

二人は、一階から、二階へと、あがっていき、その階の部屋を調べていったが、有村晴子は、見つからなかった。

だが、最上階の八階まであがった時、十津川は、その階に、生活の匂いを嗅いだような気がした。

七階までは、荒っぽい掃除の仕方なのに、この八階は、丁寧に、掃除されているのだ。

七階までは、業者が荒っぽく、掃除機をかけたのだろうが、八階は、住んでいる人間が、生活するために、掃除しているという感じなのだ。

八階の、海に面した続き部屋を開けた時、今度こそ、はっきりした生活の匂いを嗅いだと、思った。

昔は、和洋続いた客室だったと思えるのは、そこに、小さなキッチンが、造られ、冷蔵庫まで置かれている。

亀井が、その冷蔵庫を開けた。

肉や、野菜、それに、魚も、入っていた。

余りもののシチューを、ポリ容器に入れたものまで、奥に入っている。

「誰かが、ここに住んでいたんですよ」

と、亀井が、目を光らせて、十津川を見た。

「たぶん、有村晴子だろう」

と、十津川は、いった。

「慌てて、逃げたみたいですね」

「誰かが、しらせたんだ」

「しかし、どこへ逃げたんでしょう?」

二人は、部屋のなかに、その手がかりになるものを捜したが、見つからなかった。

その代わり、十津川は、天井《てんじょう》の一角に仕かけられた小さな監視カメラを、発見した。

部屋にだけでなく、八階の廊下にも、いや、七階から下の階段にも、監視カメラがあったのである。

「このカメラが、われわれを、監視していたわけですかね。それで、すぐ、有村晴子に、逃げろと、電話で指示したんじゃありませんか」

と、亀井が、いう。

「今、われわれを監視しているのは間違いないが、本来、有村晴子を、監視するためのものだったと思うね。花田にとって、一番危険な存在は、彼女だが、殺すこともできない。それで、監視カメラで、監視していたんだ。監視せずには、いられなかったんだと思うね」

十津川は、そういい、周囲を見回して、

「これを、どこで、集中管理しているんだろう？」

「花田社長の自宅じゃありませんね。自宅は、井上弘が、侵入したおかげで、徹底的に調べましたが、そんな管理システムは、ありませんでした」

と、亀井は、思い出して、いった。

「とすると『シーサイドホテル』のどこかで、管理しているんだ」

「社長室でしょうか？」

「いや、花田に、社長室で会ったときには、それらしいテレビ画面は、なかったよ」

「ほかに、あのホテルには、保安室みたいなものがあるのかもしれませんね。そこで、テレビ画面を見ながら、監視しているんだと思います」

と、亀井が、いう。

「しかし、ホテルのどこにあるのか、わからないな」

「一室ずつ、徹底的に、調べていったら、どうでしょう？」

「向こうにだって、弁護士がついている。理由なしには、調べられないよ。客室は、なおさらだ」

と、十津川が、いった時、十津川の携帯電話が、鳴った。

県警の木村警部だった。

変に、嬉しそうな声で、

「また、事件が起きました」

「今度は、どこです？」

「『シーサイドホテル』です。すぐ、きて下さい。一階のロビーにいます」

と、木村は、いった。

2

二人は、すぐ、隣の〈シーサイドホテル〉のロビーに、駆けつけた。

広いロビーには、木村が、十二、三人の刑事と一緒に、十津川を、待っていた。

「何があったんですか？」

と、十津川が、きくと、木村は、紙ヒコーキを、彼に見せた。

広げると、そこに、次の文言が、書かれていた。

〈誰でもいいから、助けて下さい。

私は、今、このホテルのなかに、監禁されています。

場所は、わかりません。

すぐ、警察を呼んで下さい。

剣持美佐子〉

「この紙ヒコーキが、このホテルの窓から、飛ばされて、拾った人間が、一一〇番してきたんです。紙についているシミは、人間の血だとわかりました」

と、木村は、いった。

「それで、ホテル中を、捜索できる令状は、とれたんですか？」

「もらいましたよ。これが、捜査令状です」

木村が、それを、十津川に見せている時に、このホテルの花田社長が、顧問弁護士の松野を連れて、おりてきた。

「これは、とんだ猿芝居ですよ。全室を捜索するなんて、とんでもない」

と、花田は、いった。

「しかし、このホテルのなかで、女性が、ひとり、助けを求めているんですよ」

木村が、いい返した。

それに対して、松野弁護士が、

「その紙ヒコーキに書かれた剣持美佐子という女性ですがね。昨日、このホテルにチェックインした泊まり客で、現在、1008号室に泊まっているんです。これは、完全な悪戯ですよ」

と、いう。

「では、その1008号室を見せてくれませんか？　そこに、彼女がいたら、引き退りますよ」

と、十津川が、いった。

県警の刑事たちを、ロビーに残し、十津川と、亀井、それに、木村の三人が、花田と松野に案内されて、十階に、あがっていった。

1008号室を、花田がノックする。

「ホテルの者ですが、開けてくれませんか？」

花田が、声をかけたが、返事はない。

「マスターキーは？」

と、木村が、いった。

「きっと、外出されているんですよ。事件なんか、起きていませんよ」

花田が、慌てて、いう。

「すぐ、開けて下さい！」

と、十津川が、怒鳴った。

花田が、しぶしぶ、マスターキーを取り出して、鍵を開けた。

十津川を先頭にして、三人の刑事が、部屋に、飛びこんだ。

ツインルームには、誰もいなかった。

しかし、スタンドは、床に転がり、机の引き出しは、開けられていた。

おまけに、バスルームを覗くと、ミラーに、口紅で、次の文言が、殴り書きされていた。

〈女を殺してやる！〉

「これは、きっと、悪戯ですよ」

と、花田が、慌てて、いった。

「悪戯かどうか、ホテル中を捜したいですね」

木村が、いい返した。

彼は、すぐ、携帯電話を使って、一階ロビーにいる刑事たちを呼び集めて、指示した。

「このホテルの部屋を、一つ残らず、調べるんだ。もし、非協力的な態度を取ったら、公務執行妨害で、逮捕しろ！」

それに対して、花田が、何かいいかけたが、それを弁護士の松野が、止めた。

十津川と、亀井も、この捜索に、協力した。

最上階から、一部屋ずつ、調べていく。

その間に、剣持美佐子が、見つかってしまったら、その時点で、捜索は、中止しなければならない。

（見つからないでくれ）

と、十津川は、念じた。

が、その一方で、

（剣持美佐子は、聡明そうだから、きっと、見つからないだろう）

とも、思っていた。

たぶん、彼女は、すでに、ホテルの外に逃げてしまっているに違いない。

途中で、木村が、十階の1001号室が、特別室になっていることを見つけて、十津川に、しらせてくれた。

二十畳ほどの部屋には、一ダースのテレビ画面が、並んでいた。

三列に並んだ、一番左端の四台に、見覚えのある、隣の〈シーサイドビュー〉の内部が、映っていた。

有村晴子が、生活していたと思われる部屋もである。

十津川は、この四台のテレビのビデオテープを捜した。四台には、一本ずつ、ビデオテープが、ついていた。

それを、一本ずつ、見ていく。

有村晴子と思われる女が、はっきりと、写っていた。

十津川たちは、花田に、そのビデオを見せ、どういうことだと、詰問した。

「ここに写っているのは、竹下可奈子殺しで、手配中の有村晴子でしょう。彼女が、なぜ、写っているのか、説明してもらいたいですね」

花田は、小さく、首をすくめるようにして、

「ここの保安は、すべて、保安部長の梨田《なしだ》君に任せています。彼にきいて下さい」

「梨田という男は、どこにいるんですか？　なぜ、この部屋に、いないんですか？」

「二日前から、風邪で、休んでいるんですよ。嘘じゃありません。すべて、彼のやっていることで、私は、関係ないんだ。有村晴子が、ここに写っていることだって、梨田から、何の報告もなかった。報告を受けていれば、すぐ、警察に、連絡していますよ。これでも、市民の義務については、よく、心得ていますからね」

「それで、梨田の住所と、電話番号は？」

と、木村が、きいた。

「JR白浜駅前のNマンションの305号室、電話番号は――」

と、花田は、いった。

十津川たちは、パトカーを飛ばして、問題のマンションに、向かう。

途中、携帯電話を使って、教えられた番号にかけてみるが、相手は、いっこうに、電話に出なかった。

「花田の話は、嘘かもしれませんね」

と、木村が、いう。

「しかし、ホテルの従業員の話では、梨田という保安責任者がいることだけは、間違いないんです。何でも、警察官あがりだということですが」

十津川が、いった。

「二日前から、風邪で休んでいるというのも、都合が、よすぎる感じですね」

「逃がすつもりかも、しれません」

と、十津川は、いった。

白浜駅前は、最近になって、少しずつ、賑やかになってきた。土産物店や、食堂、それに、白浜温泉の案内所、それに、タクシーの営業所などは、前からあったが、何しろ、肝心の温泉郷が、車で十分か、十五分かかる海岸近くにあるため、大きな発展が、見られなかった。

それが、ようやく、賑やかになってきて、マンションなども、建つようになってきた。

その一つが、Nという真新しいマンションだった。

305号室に、あがっていく。鍵がかかっているが、人のいる気配はない。

十津川たちは、管理人に開けてもらって、部屋に入った。

2DKの部屋である。

奥に、ベッドがあったが、乱雑になったままだった。

机の引き出しを調べていた亀井が、袋に入った写真を見つけた。

最近、現像、プリントしたらしい十枚足らずの写真である。

それを、十津川と、木村に見せた。

五十歳くらいの男が、有村晴子と一緒に写っている写真ばかりだった。

管理人に見せると、男は、梨田に間違いないという。

「どういうことなんですかね?」

と、亀井が、きく。

「梨田は、花田から、有村晴子の監視を頼まれている間に、いい仲になってしまったということだろう。梨田にしてみれば、彼女は、金を持っているし、これからだって、花田社長から、金を絞り取れる。一方、晴子にしてみれば、いつ、花田に消されるかわからないんだ。元警察官の梨田は、頼りになるガードマンだったんじゃないか」

と、十津川は、いった。

「利害が一致したということですかね」

木村が、写真を見ながら、いう。

「そうでしょうね。純粋な愛情なんて感じは、ありませんよ」

と、十津川は、いった。

「そうなると、今、この二人が、どこにいるかが、問題ですね」

と、亀井が、いった。

「われわれが、倒産したホテル『シーサイドビュー』の建物に目をつけたので、花田は、慌てて、有村晴子を、逃がした。ここまでは、間違いないと思いますね」

と、十津川は、木村に、いった。

「同感です」

と、木村が、うなずく。

「逃がしたのは、梨田でしょう。二日前から、風邪で休んでいたという花田の言葉は、まったく、信用できません。梨田が、慌てていたことは、肝心のビデオテープを、始末していないことでもわかります。問題は、梨田が、彼女を、どこにかくまったかです。花田に指示された場所に、連れていったか、それとも、花田もしらない場所にかくまったかです」

十津川は、微笑して見せた。

「その可能性は、ありますか？」

と、木村が、きいた。

「もし、二人が、共謀して、花田のしらないところに、隠れたのだとすると、われわれにも、大いに、チャンスがあることになります。花田の指定した場所に、逃げたとすると、それを、捜すのは、難しいし、主導権は、花田に、握られてしまいます。しかし、晴子が、梨田としめし合わせて、隠れているのだとしたら、花田と、フィフティフィフティで、争うことができます」

と、十津川は、いった。

十津川たちは、強引に〈シーサイドホテル〉のなかに、臨時の捜査本部を設け、また、監視テレビのある十階の部屋には、県警の刑事が、入った。

十津川の携帯電話に、女の声の連絡が入った。

剣持美佐子からだった。

「もう『シーサイドホテル』には、おりません」

と、美佐子は、いった。

「そうだと、思っていました」

十津川は、自然に、微笑していた。

「今、椿《つばき》温泉のWホテルに、柴崎《しばざき》という偽名で、泊まっています。私のしたことは、何か、罪になるでしょうか？」

「それは、事件がすべて解決してから、考えたいと、思っています。まあ、軽犯罪といったところだと思いますが」

「私のやったことは、お役に立ちました？」

「大いに、役に立っています。しばらく、姿は見せないでくれませんか。あなたが『シーサイドホテル』のなかで、誘拐されたということで、ホテル内を、捜索できる状態にしておきたいんです」

と、十津川は、いった。

3

有村晴子も、保安部長の梨田も、見つからなかった。

「花田たちも、落ち着きを失っていますね。弁護士の松野と、相談を繰り返していますと、木村が、十津川に、いった。県警の刑事たちが、ホテル内を、歩き回って、そんな感触を、受けたというのである。

「われわれの予想が当たって、梨田が、花田にしらせずに、有村晴子と、逃げたのかもしれませんね」

十津川は、嬉しそうに、いった。

ここまでは、彼の期待する方向に、動いているようである。

「これから、どうなると、思いますか？」

と、木村が、きく。

「梨田と、有村晴子が、一緒に逃げたとすると、差し当たって、必要なのは、金だと思いますね。われわれが『シーサイドビュー』に踏みこんだとき、晴子は、慌てて、逃げたと思います。その案内をしたのは、梨田でしょうが、慌てたとすれば、今、手持ちの金は、少ないと思いますからね。二人は、当然、花田に、金を要求するはずです」

「そうでしょうね」

「梨田も、彼女が、いわば、金のなる木だと思って、仲よくなったと、思われるからです」

「大金を手に入れ、二人で、しばらく、どこかへ姿を隠そうと、するでしょうね」

と、木村も、いった。

「私は、花田が、それに、応じざるを得ないだろうと思うのです。有村晴子が、怒って、すべてをぶちまけたら、それで、花田は、終わりですからね」

「もう、晴子は、金を要求しているかもしれませんね」

「そのとおりです。梨田が、一緒にいて、知恵をつけているとすれば、その金額は、はんぱではないと、思います」

「億単位？」

「ええ。差し当たって、一億円ぐらい要求し、そのあと、どこかに落ち着いてから、また大金を、要求すると、思います」

「そうだとすると、花田の取引銀行を、監視する必要がありますね」

「それは、県警に、お願いします」

と、十津川は、いった。

直ちに、県警の刑事二人が、花田の取引銀行に、飛んだ。

最初、その銀行の支店長は、プライバシーのことだからと、協力を、ためらったが、殺人事件の捜査ということで、承知してくれた。

一時間後、二人の刑事から、木村に、連絡があった。

「今、花田から、支店長に、電話がありました。一億円の小切手と、一千万円の現金を、自宅のほうに、至急、持ってきてくれという電話だそうです」

と、いう。

十中八、九、有村晴子と、梨田からの要求だろう。

一千万円は、差し当たって、必要な現金で、一億円の小切手のほうは、落ち着いてからの生活に必要な金額だろう。

このことを裏づけするように、花田は、急にホテルを出て、自宅に、帰ってしまった。

銀行から、小切手と、一千万円の現金を、受け取るためだろう。

十津川と、亀井は、木村の用意した、覆面パトカーで、花田の自宅近くまで、移動した。花田の動きを、監視するためだった。

銀行の軽自動車がやってきて、花田の自宅に入っていった。

小切手と、現金を、持ってきたのだろう。

十分ほどして、軽自動車は、帰っていった。

あとは、花田が、金を渡すのを、押さえればいいだろう。その時、有村晴子を、捕まえられれば、今回の事件について、解決のメドがつくに違いない。

「花田自身が、持っていくでしょうか？」

と、亀井が、きいた。

「それは、いくさ。相手は、有村晴子なんだ。花田の死命を制することのできる女なんだ。そんな女との取り引きを、他人に、任せられるはずがないよ」

と、十津川は、自信を持っていった。

木村も、同感だと、いった。彼も、これが、事件の解決に繋がるという思いで、張り切っていた。

（通常の誘拐事件と同じだ）

と、十津川は、思った。

ただ、誘拐されたものが、人間でなくて、過去の犯罪の証拠ということである。

有村晴子は、その証拠を人質にして、大金を要求している。

彼女の背後《うしろ》に、警察官あがりの梨田がついているとなると、逮捕するのは、普通の誘拐事件より難しいだろう。

木村は、十津川と相談し、誘拐事件と同じ態勢をとることにした。

身代金の受け渡しの時が、勝負という点は、同じだからである。

ただ、被害者の花田の協力は、絶対に、期待できない。

だから、彼の行動を、監視するより仕方がないのだ。

花田の自宅の周囲に、覆面パトカーが、配置された。

だが、花田は、なかなか、自宅から、出てこなかった。

「用心してますね」

と、車のなかで、亀井が、いった。

「警察が、張り込んでいることぐらい、覚悟しているだろう。だから、慎重なんだよ」

「午後二時四十分」

と、亀井は、腕時計に目をやって、

「どこで、金を渡すつもりですかね?」

「わからないが、梨田が、知恵をつけていると思っている」

十津川が、いったとき、花田の家から、真新しいベンツが、出てきた。シルバーメタリックの花田の車である。

十津川の車を含めて、三台の覆面パトカーが、尾行に移る。

花田の車には、花田ひとりしか、乗っていなかった。

（やはり、彼が、自分で、届けるつもりなのだ）

と、十津川は、思った。

シルバーメタリックのベンツは、海岸通りを、白良浜、千畳敷、三段壁と白浜の名所を、走り抜ける。

三段壁のバスストップから、今度は、山手に入っていく。

新旧の空港の滑走路が、見えてくる。

そのあと、白浜スカイラインに入り、また、海岸に出た。

ぐるりと、ひと回りしたのだ。

「警察の尾行がないかどうか、確かめているんですよ」

と、亀井が、いった。

誘拐事件の時、よくおこなわれる儀式みたいなものだった。

警察の尾行の有無を確かめてから、いよいよ、金の受け渡しになるのだ。

花田の車は、再び、白良浜、千畳敷、三段壁と、さっきと、同じルートを走っていく。

「間違いありませんよ。警察の尾行を、確認しているんです」

と、亀井が、いった。

さらに、もう一回、同じルートを、ベンツは、一周した。

四回目に、今度は、白浜空港に向かった。着くと、車を降り、真新しい空港のなかに、入っていく。

手には、ショルダーバッグをさげていた。

(あのなかに、一億円の小切手と、一千万円の現金が入っているのか)

十津川は、尾行しながらそんなことを考えていた。

県警の、刑事たちも、車から降り、空港内に分散して、有村晴子と、梨田の姿を捜した。

花田が、ティールームに入っていく。

周囲を見回してから、一番奥のテーブルに、腰をおろして、コーヒーを、注文した。

十津川たちは、遠くから、花田を見守った。

花田は、腕時計を見ながら、コーヒーを、ゆっくり飲んでいる。

煙草を吸う。

また、腕時計に目をやる。

午後四時。
花田は、腰をあげ、ティールームから、出てきた。
「バッグを持っていません！」
と、亀井が、小さく叫ぶ。
ショルダーバッグは、テーブルの下に置いて、出てきたのだ。
（ここで、有村晴子に、渡すことになっていたのか？）
と、すると、間もなく、彼女か、梨田が、ショルダーバッグを取りにくるのだろう。
七、八分して、若いカップルが入ってきて、そのテーブルに、腰をおろした。
（そこに座るな）
と、いうわけにもいかず、十津川たちは、じっと、見守り続けた。
カップルが、コーヒーとケーキを注文して、ゆっくり、飲み始めた。
有村晴子と、梨田は、なかなか、現れない。
そのうちに、若いカップルが、急に、立ちあがった。
男が、手に、問題のショルダーバッグを持っている。
（あの二人が、有村晴子か、梨田に頼まれて、金を取りにきたのか？）

と、十津川たちが、色めき立ったとき、男は、ショルダーバッグを、レジに持っていき、何か、話し始めた。

奥のテーブルを、しきりに、指さしているところを見ると、そのテーブルで、見つけたと、いっているらしい。

(間違えたか？)

と、十津川が、思ったとき、若いカップルは、ショルダーバッグを、レジに預けて、店を出ていった。

「どうします？」

と、木村が、狼狽した顔で、きく。

「もう少し待ちましょう。有村晴子か、梨田が、金を取りにくるかもしれませんから」

と、十津川は、いった。

二人とも、無関係のカップルが、肝心のショルダーバッグを、レジに預けてしまったことは、しらないはずだから、取りに現れることは、充分に、考えられるのだ。

十分、二十分と、経《た》っていく。

午後五時近くなったが、有村晴子も、梨田も、姿を現さなかった。

「おかしい」

と、十津川は、声に出して、店内に入ると、レジに向かって、歩いていった。

警察手帳を示し、ショルダーバッグを出してもらった。

なかを見る。

大きな紙包みが出てきた。

一万円札で、一千万円の束である。

しかし、一億円の小切手が、見つからないのだ。

十津川は、執拗に、バッグのなかを調べ、亀井と、木村にも、調べてもらった。

「ありませんね」

「小切手のほうは、入れ忘れたか、別に、郵便で送ることにしたんじゃありませんか」

と、二人が、いう。

「違うな。違いますよ」

十津川は、睨むように、目の前のショルダーバッグを見つめた。

「違うって、どういうことです？」

「花田が、小切手を入れ忘れたか、郵便で、送ることにしたとしても、有村晴子と梨田は、ここに、この一千万円を取りにこなければ、おかしいんですよ。だが、こなかった」

「どうしてです？」

「さっきの若いカップルですよ」

と、十津川は、憮然とした顔で、いった。

「あの二人が、どうかしたんですか？」

「有村晴子と、梨田の二人に頼まれて、金を受け取りにきたんですよ」

「しかし、一千万円の束は、持っていきませんでしたよ」

と、木村が、首をかしげる。

「一千万円は、たぶん囮《おとり》なんです」

「囮？」

「そうです。このバッグには、ほかに、一億円の小切手と、百万か二百万の束が、入っていたんだと思いますね。それが、ほしかったんですよ。一千万円の札束は、警察を、あざむく、見せ金だと思いますね。これが残っていれば、取り引きは、失敗したと、警察は、思ってしまう。それが、狙いだったと、思います」

と、十津川は、いった。

「花田に会って、問いつめますか?」

木村が、きいた。

「そんなことをしても、花田は、何も答えないでしょう。ただ、一千万円入りのバッグを、空港のティールームに忘れただけでは、何の罪にもなりませんから」

と、十津川は、いった。

「どうしたら、いいんです? あの若いカップルを、今から、見つけるのは、大変ですよ」

と、亀井が、いう。

「とにかく、捜そう」

と、十津川は、いった。

一千万円入りのショルダーバッグを、一応、預って、店を出ると、十津川たちは、まず、空港のタクシー乗り場に向かった。

あの若いカップルが、有村晴子たちに頼まれたとすれば、なるべく早く、戻ってこいと、晴子たちにいわれているだろう。

と、すれば、バスには乗らず、タクシーを拾ったと、思ったのだ。

十津川は、若いカップルの人相と、店を出た時間をいい、彼等を乗せたタクシーがいないかどうかを、調べた。

なかなか、見つからなかったが、空港に戻ってきたタクシーのなかに、一致する車がいた。

「そのカップルなら、乗せましたよ」

と、中年の運転手は、いった。

「何だか、ひどく、慌てていましたね。とにかく、早く、ここから出ろといわれました。誰かに、追われているのか、と思いました」

「どこまで、乗せたんです？」

「椿温泉ですよ」

と、運転手は、笑顔で、いう。

椿温泉は、剣持美佐子が、隠れているところである。

白浜温泉から、南へ八キロの距離にある小さな入江、その入江に面した温泉である。五軒の旅館だけという小さな温泉だった。

そこに、有村晴子が、梨田と一緒に逃げこんだとすると、同じ椿温泉というのは、偶然の悪戯だろう。

「そこへ、いってくれ」

と、十津川は、運転手に頼んだ。

十津川たちは、その運転手の車に乗り、椿温泉に向かった。県警の刑事たちが乗ったパトカーが、それに続く。

国道42号線を、走る。

海岸沿いの道である。その傍を、JRの紀勢本線のレールが、伸びている。
十二、三分で、椿温泉に着いた。
一つの旅館の前で、タクシーは、停まった。

国際観光旅館〈つばき〉の看板が、かかっている。

「この旅館に、二人は、入っていきましたよ」

と、運転手は、いう。

「間違いないんだね？」

十津川は、念を押した。

「間違いないです」

パトカーが着くのを待って、刑事たちは、この〈つばき〉旅館を、包囲した。

完全包囲が、完成してから、十津川と、木村の二人が、旅館のロビーに入って

いって、

「この女が、泊まっているね？　おそらく、この男も一緒だと思うんだが」

と、木村が、晴子と、梨田が一緒に写っている写真を、フロント係に見せた。

四十歳ぐらいのフロント係は、緊張した顔で、うなずく。

「若いカップルが、会いにきたと思うんだが」

「そのお二人は、もう、お帰りになりました」

と、フロント係は、いう。

カップルは、晴子たちに、一億円の小切手などを渡して、もう、帰ってしまったらしい。

晴子たちの部屋が、三階の菊の間ときき、その場所を、図面で、確認してから、十津川、木村、それに亀井の三人が、エレベーターで、三階にあがっていった。

客が少ないと見えて、館内は、ひっそりと、静かである。

その時、海のほうで、大きなエンジン音がきこえた。

木村の携帯電話に、部下の刑事から、報告が、入ってくる。

「大型のクルーザーが、接近しています。『シーサイドホテル』所有のクルーザ

―だと思われます」

「接岸しても、誰も、上陸させるな！」

と、木村は、厳しく、いった。

晴子を助けにきたのか、それとも、拉致しにきたのか。いずれにしろ、晴子を、警察に渡すまいと、思ったのだろう。

クルーザーは、突然、けたたましい警笛を鳴らした。

一度、二度、三度。

それは、晴子たちに、危険を、しらせているように、思われた。

十津川たちは、それに、せかされるように、エレベーターを降りると、菊の間に殺到した。

部屋に突入する。

中年の男女が、窓から、逃げようとしていた。

「止まれ！　下にも、刑事が待っていて、逃げられやしないぞ！」

と、十津川が、怒鳴った。

それでも、二人は、屋根に出てしまった。が、中庭には、県警の刑事たちが、集まってきている。

「諦らめろ！」

と、木村が、叫んだ。

有村晴子と、梨田が、蒼い顔で、屋根の上に、立ちつくした。

その向こうの海の上に、大型クルーザーが、見えた。

キャビンの位置が、高い。そこに、三人の男たちが、立って、こちらを見ていた。

そのなかに、花田もいるだろう。

「動くなよ」

と、木村が、いい、屋根の上で、不安定な姿勢で、立っている晴子と、梨田に、近づこうとした時、突然、海上から、銃声が、した。

クルーザーの上から、誰かが、銃を撃ったのだ。

屋根の一部が、吹き飛んだ。

「伏せろ！」

と、十津川は、叫んだ。

木村と、亀井が、晴子と、梨田を、引きずり倒すようにして、屋根の上に、腹這いにさせた。

十津川は、屋根の上に、突っ立ったまま、拳銃を取り出して、クルーザーに向かって、撃った。

一発、二発。

拳銃では、射程が、遠すぎるのは、わかっていた。

向こうは、ライフルを使っている。

だが、十津川は、構わずに、撃ち続けた。

その勢いに、恐れを抱いたのか、クルーザーは、急にエンジンをかけて、ゆっくりと、海岸から、離れていった。

その間に、木村と、亀井が、有村晴子と梨田を、菊の間に、連れ戻した。

晴子は、まだ、体を、震わせている。

「あたしを、殺そうとしたんですか？」

と、呟く。

「君を、警察に渡すくらいなら、殺して、口を封じようとしたんだ」

と、十津川は、いった。

晴子と、梨田の二人に、手錠をかけ、階下まで、連れていき、パトカーに乗せた。

4

十津川は、海上保安本部に電話をかけ、すぐ〈シーサイドホテル〉のクルーザーを押さえ、花田社長を、殺人未遂で、逮捕してくれるように、要請した。

有村晴子と、梨田の二人は、白浜警察署に、連行された。

晴子のハンドバッグからは、予想どおり、一億円の小切手と、二百万円の札束が、発見された。

すぐ、尋問が、開始されたが、晴子は、黙秘を続けた。

代わりに、梨田が、べらべら喋ってくれた。

彼は、晴子と一緒にいれば、花田を強請って、大金が、手に入ると計算して、彼女を助け、椿温泉に、逃げた。一億円を強請るのにも、協力したのだが、有村晴子が、逮捕されてしまうと、殺人犯を助けた罪に問われてしまう。

もともと、金ほしさに、晴子と、くっついたのだから、裏切るのも、早かったということだろう。

梨田は、晴子からきいた話を、いくらでも、喋ってくれた。

「花田に頼まれて、彼女は『シーサイドビュー』の副社長と、しめし合せて、高梨社長を裏切り、ホテルを倒産させたんだときいていますよ。副社長は、もう、外国に、高飛びしているともいっていましたね。高梨社長は、副社長と、有村晴子を、信じ切っていたんでしょう。騙すのは、簡単だったと、いっていますよ。悪い女です。怖い女ですよ。恩のある高梨社長を裏切り、そのあと『シーサイドホテル』の花田社長を強請ってるんですから」

と、梨田は、いった。

きいていて、十津川は、思わず、苦笑した。その晴子に、くっついて、金をもらおうと考えたのは、誰なのか。

梨田の自供を突きつけると、晴子も、観念して、やっと、喋り始めた。

彼女の尋問は、木村警部がおこない、十津川も、立ち会った。

「花田に、騙されたんです」

と、晴子は、いった。

「高梨社長を騙して、倒産させたんじゃないのかね?」

木村は、不快そうに、眉をひそめて、いった。

「そうなんですけど、花田は、私を『シーサイドホテル』で副社長にしてくれると、いってたんです。それなのに、成功したら、それが、反古《ほご》にされたんですよ。ひどいじゃありませんか」

と、晴子は、いう。

「ひどいのは、君だろう。君たちのおかげで『シーサイドビュー』は、倒産し、社長夫妻と、娘のゆう子も、死ぬことになったんだ。その責任は、感じているのかね？」

木村が、叱りつけるように、いう。

「それは——みんな花田が、悪いんですよ。悪いのは、あの男です」

と、晴子は、主張する。

「竹下可奈子を、殺したね？」

木村は、質問を変えた。

「あれは、正当防衛ですよ」

「どうして、正当防衛なんだ？」

「あたしの首を、いきなり、絞めようとしたんですよ。『シーサイドビュー』を倒産させた犯人みたいに、いって。仕方なく、彼女を、殺してしまったんです。だから、正当防衛ですよ」

「それを、証明する人間がいるかね？」

「それは、二人だけでしたから――」

「それに、正当防衛なら、どうして、その時、警察に、連絡しなかったんだ？　それどころか、君は、死体を焼いて、犯行を、隠そうとさえしたんだ。それで、よく、正当防衛などといえるな」

木村は、本気で、怒っていた。

彼女の尋問の間に、海上保安本部からの電話が入り、それは、十津川が、受けた。

花田の乗ったクルーザーが、見つからないというのだ。

このままでは、暗くなってしまうだろう。それに、遠洋航海も可能なクルーザーである。どこへ逃げてしまうか、わからない。

十津川は、亀井と、白浜空港に、走った。

ここでは、南紀航空が、セスナでの遊覧飛行を、営業している。

最長の四十五分コースで、一万九千円。

十津川は、そこで、

「燃料を一杯に積んで、飛んでもらいたい」

と、警察手帳を見せて、頼んだ。

「どこへ飛ぶんです？」

「海上で、船を捜してもらいたいんだ。『シーサイドホテル』所有のクルーザーだ。色は白。ここに写真がある」

と、亀井が、手に入れたクルーザーの写真を見せた。

「料金は、いただきますよ」

「もちろん、払うよ」

と、十津川は、いった。

二人が、乗りこむと、セスナは、すぐ、飛びあがった。

「まず、椿温泉の沖を捜してほしい」

と、十津川は、パイロットに、いった。

青い海が、広がっている。

やたらに、広い海だ。漁船が、小さく見える。

花田のクルーザーは、軽くフィリピンあたりまで、航海できる能力を、持っているといわれている。

と、すると、海外まで、逃亡する気でいるのだろうか？

しかし、彼には、まだ、逮捕状が出ているわけではない。

有村晴子の自供をもとにして、花田を逮捕に持っていくつもりだが、それには、時間がかかるだろう。それまでに、花田は、出国し、海外逃亡を図ろうとするのではないか。

万一に備えて、花田が、スイス銀行に、かなりの預金をしてあるらしいときいたことがある。

もちろん、白浜には、帰らないだろう。県警が、待ち構えているからだ。

「私が、花田なら、国内の国際空港へいこうとするだろうね」

と、十津川は、いった。

「もし、空港が、手配されていたら？」

「その時には、逃げればいい。そう考えているんじゃないか」

と、十津川は、いった。

「そうなると、クルーザーは？」

亀井が、海上に、目をやりながら、きく。

「このあたりで、一番近い国際空港といえば、まず思いつくのは、関西《かんさい》空港だが」

「海上空港ですから、クルーザーでいくには、格好だと思いますが」

「ああ。だが、白浜に近すぎる。心理的に、花田は、遠慮するだろう」

「と、なると、白浜から遠い国際空港ということになりますね」

「たぶん、沖縄《おきなわ》の那覇《なは》空港を、考えていると思う。沖縄なら、万一の時には、クルーザーで、そのまま、台湾《たいわん》にだって、逃亡できる」

「どこを探すんです？」

と、パイロットが、きいた。

「沖縄に向かったと、思える。そのつもりで、海上を、捜索したい」

と、十津川は、いった。

「冗談じゃない。沖縄まで飛ぶだけの燃料は、ありませんよ」

パイロットが、大声を、あげた。

十津川は、笑って、

「沖縄まで、飛んでくれと、いってるわけじゃない。沖縄へ向かっているクルーザーを、見つけたいといってるんだ。正しく追跡できれば、すぐ、見つかるよ」

と、いった。

地図の上に、白浜から、沖縄本島へ、まっすぐの線を引き、その線上を、「飛んでもらうことにした。

「日没まで、一時間二十分しか飛べませんからね。六十分飛んで、見つからなかったら、引き返させてもらいますよ」

と、パイロットは、いった。

「いいよ。それまでには、クルーザーに追いつけるはずだ」

と、十津川は、いった。

海面五百メートルぐらいの高度を、セスナは飛ぶ。

十津川と、亀井は、肉眼と、双眼鏡の両方を使って、海面を、見つめ続けた。

だが、クルーザーは、見つからない。

とにかく、広い海である。十津川は、海の上に、一本の線を引いて、それをパイロットに示して、飛んでもらっているのだが、もし、海上で、千メートル、クルーザーの航跡と、それてしまっていたら、なかなか、見つからない。

二十分、三十分と、セスナは、ひたすら、飛び続ける。

だが、依然として、花田のクルーザーは、見つからなかった。

十津川の頭に、迷いが生まれてくる。花田は、沖縄に向かったのではないのではないか。

だが、いまさら、ほかを、捜すことは、できなかった。

とにかく、沖縄へ向かったとみて、捜すより仕方がない。

「あと十五分飛んだら、引き返させてもらいますよ」

と、パイロットが、いった。

十五分たった。が、クルーザーは、見つからない。

「引き返しますよ。燃料切れで死ぬのは、いやですからね」

パイロットが、いい、十津川も、うなずいた。

「これ以上、無理は、いえない。帰りは、もう少し、陸地近くを、飛んでもらいたい」

と、十津川は、いった。

セスナは、反転して、帰路に着いた。

今度は、陸地近いルートを飛んだ。海上保安本部も、まだ、花田のクルーザーを、見つけられずにいるらしい。

間もなく、海面に、闇が、やってくるだろう。そうなったら、もう、花田のクルーザーを見つけることは、まず、不可能だろう。

突然、パイロットが、

「前方に、白のクルーザー！」

と、叫んだ。

十津川は、慌てて、双眼鏡を向けた。

なるほど、白い、美しい大型クルーザーが、全速力で、走っている。

「確認するから、もう少し、低く飛んでくれ」

と、十津川は、パイロットに、いった。

セスナは高度を下げ、クルーザーの周囲を、旋回した。

(間違いない)

と、確認したとたん、船上から、ライフルが、発射された。

パイロットは、慌てて機を、旋回させた。

「こんな話は、きいてなかったよ」

と、大声を出した。

「この地点は、わかるか？」

と、十津川は、きき、海上保安本部に、電話をかけた。

「問題のクルーザーを発見した。犯人は、クルーザーで、沖縄に向かって、逃亡中。時速、約十五ノット。地点は――」

「了解」

と、声が、きこえた。

十津川は、ほっとした。

これで、花田は、捕まるだろう。

有村晴子の証言があるから、有罪は、間違いないだろう。

その結果〈シーサイドビュー〉が、復活するかどうか、十津川には、わからない。

ただ、もし〈シーサイドビューホテル〉が、再建されたら、泊まりにいってみたいと、十津川は、思った。


〔この作品はフィクションで、作中に登場する個人、団体名など、全て架空であることを付記します。〕

本書は二〇〇一年十月、小社より
刊行された同名作品の新装版です。

双葉文庫

に-01-117

紀伊半島殺人事件《きいはんとうさつじんじけん》〈新装版〉

2024年3月16日　第1刷発行

【著者】
西村京太郎《にしむらきょうたろう》

【発行者】
箕浦克史
【発行所】
株式会社双葉社
〒162-8540 東京都新宿区東五軒町3番28号
［電話］03-5261-4818（営業部）　03-5261-4831（編集部）
www.futabasha.co.jp（双葉社の書籍・コミックが買えます）
【印刷所】
大日本印刷株式会社
【製本所】
大日本印刷株式会社
【カバー印刷】
株式会社久栄社

【フォーマット・デザイン】
日下潤一

ISBN978-4-575-52741-4 C0193
Printed in Japan